TORBELLINO
DE
ALAS

Madera

FEN RIVERA

Por, Fen Rivera (2018)

www.fenrivera.com

Edición: Amneris Meléndez 787-450-1841
Facebook: @amnerismelendezdiazpr

Diseño de portada: Alex Sánchez

La presente novela es una obra de ficción. Los nombres, personajes y sucesos en ella descritos son producto de la imaginación del autor. Cualquier semejanza con la realidad es pura coincidencia.

ISBN- 13: 9781546800217

ISBN- 10:1546800212

SINOPSIS

Un hombre con una misión es capaz de manipular a quien sea. El Puppeteer está listo para dar su gran golpe. Para lograrlo, necesita un ejército. En este primer tomo veremos como él seduce a su primera víctima. Esta mujer aceptará ser parte de su ejército, siempre y cuando él la deje tomar venganza contra las personas que no la dejaron morir.

PRÓLOGO

La noche era fría y la luna brillaba con todo su esplendor. El cielo de Puerto Rico, estaba completamente despejado. En un pequeño barrio, del pueblo de Naranjito, cruzaba un majestuoso río que aumentaba el aire gélido del área. En una pequeña casa situada colina arriba, antes del río, todas las luces estaban encendidas. Del cuarto de baño salía vapor, creado por el agua caliente que estaban utilizando.

— Ana, ya es tarde – anunció la voz de una mujer mayor de edad–. Ya debes dormir.

— ¡Ya voy abuela! – Ana cerró la ducha y tomó su pijama.

Ana era una niña de 11 años, rubia y con piel hermosamente pálida, que vivía con su abuela viuda. Su abuela era la típica señora mayor de campo, baja en estatura y con varias libras de más. Sobre todo, era muy amorosa y se había encargado de Ana desde que sus padres la enviaron a vivir a Puerto Rico.

— Mañana debes madrugar hija – recordó la anciana.

Eso era cierto, Ana estudiaba al otro día. Terminó de lavar sus dientes y se dirigió a su cuarto, aunque no tenía sueño. Antes de entrar en su habitación, abrazó fuerte a su abuela y esta la siguió hasta su cama. La abuela la acostó, la arropó de pies a cabeza y le echó la bendición.

— No tengo sueño abuela – dijo Ana con la esperanza de que la dejara quedarse despierta un poco más.

— Sueña que tienes alas, que vuelas sin límites... ¡Qué eres libre! – respondió con un beso en la frente y salió de la habitación.

Esas palabras siempre llenaban de ilusión a Ana. Así que comenzó a mirar el techo y a pensar que volaba y cruzaba el cielo. Con esos pensamientos, fue cerrando sus ojos hasta entrar en el relajante estado del sueño.

No pasaron treinta minutos cuando un extraño ruido comenzó a resonar en los oídos de Ana. Ella escuchaba un objeto de metal golpeando el suelo. El sonido era desesperante. Aparte del metal, también se escuchaban pasos y murmullos. La curiosidad obligó a Ana a abrir sus ojos y buscar el origen del ruido. Se levantó de la cama y observó por la ventana. Al enfocar la vista, vio la sombra de los árboles, ella sabía que en el fondo de la maleza estaba el río. El brillo de la luna, marcaba un bello camino que entraba entre los árboles. Por ese camino, descendían dos personas.

Ana descubrió de dónde provenía el sonido que la había levantado de su cama. La luna reflejaba un bastón de hierro. El hombre que lo portaba era alto y vestía un largo abrigo gris oscuro. En su cabeza llevaba un sombrero alto y debajo del sombrero colgaba una melena gris que llegaba hasta los hombros del hombre. Aunque llevaba bastón, no parecía necesitarlo, en cambio la mujer que iba a su lado, casi no podía mantenerse en pie. Lo único que se podía distinguir de la dama, era su cabello rojo. El resto de su cuerpo no se distinguía, ella estaba jorobada, aguantando su abdomen. Desde la distancia, Ana notó que la mujer no estaba bien.

Ambas siluetas se fundieron en la oscuridad de la noche. Ana supuso que irían al río, pero perdió el interés y volvió a su cama. Ya acostada, pensó en la mujer de cabello rojo. Se veía enferma. No podía imaginar qué haría una mujer, que casi no puede caminar, en el río a altas horas de la noche.

Ana se quedó dormida pensando en lo que había visto. De repente, un grito desgarrador la despertó. Rápidamente pensó en la pareja. Los gritos venían del río. Ana solo pensaba en la mujer del cabello rojo. Algo le pasaba, sus gritos iban en aumento. La mujer estaba dejando los pulmones en ese lugar.

Ana corrió a la ventana en busca del origen. Al fondo se apreciaba algo brillante. La luz parecía venir de alguna fogata. La niña estaba desesperada por los gritos de dolor, no sabía qué hacer. De repente, algo se elevó por encima de los árboles. Lo que vio la dejó con la boca abierta. Eran dos ramas, parecían tentáculos. Al estirarse completamente, bajaron en picada con un peligroso filo en su punta. Cuando las ramas cayeron, los gritos de la mujer cesaron. Ana se separó de la ventana con sus manos en la cara. Estaba horrorizada por lo que había visto, aunque no lo podía entender. La noche volvió a su silencio habitual. Ana seguía con su rostro tapado y sentada en su cama. Pensaba en decirle a su abuela, pero sabía que no le creería. Pensó en llamar a la policía, pero el tema de las ramas filosas la volvió a detener.

Ana estuvo en su debate moral, al menos, quince minutos. Sus pensamientos fueron interrumpidos cuando el sonido del bastón rompió, nuevamente, con el silencio de la noche. Ana lentamente se acercó a la ventana en busca del hombre alto del sombrero. Sus temores se confirmaron al verlo caminando tranquilamente con su bastón. Ana comprobó la peor parte, estaba solo. Él pasó cerca de la ventana de Ana y ella lo pudo analizar.

El hombre tenía una nariz larga, se veía mayor, aparentaba tener un poco más de medio siglo de vida. Ana no podía creer la tranquilidad con la que él andaba. El hombre lanzó un objeto al aire. Al descender, el objeto cayó en su mano. Repitió el movimiento varias veces. Se divertía con su juego. Ana concentró su mirada en el objeto y pudo identificar lo que era. El juguete del hombre estaba hecho de madera y tenía cuatro extremidades. De cada extremidad salían delgados hilos, era un títere. Ana se concentró en buscar algo especial y lo vio, de la cabeza del títere colgaban mechones de cabello rojo.

FEN RIVERA

CAPÍTULO 1

El cuarto estaba completamente oscuro, solo se distinguía una niña muy asustada sobre su cama. La niña intentaba cubrirse con la manta. Aunque era muy pequeña para algunas cosas, ella sabía que era la hora en la que llegaban los monstruos. La puerta principal de la casa se abrió de golpe y se comenzaron a escuchar los pasos. Cada vez se escuchaban más cerca de la escalera que daba hasta la habitación de la niña. Los monstruos se acercaban cada vez más. Tristemente ella sabía lo que sucedería y también sabía que no había forma de evitarlo. Cada noche, ella rezaba para que su tortura terminara. Siempre pedía que los monstruos desaparecieran o que ella misma lo hiciera, solo quería salir de su martirio. Los segundos se hacían eternos. La pobre niña no pudo aguantar más, las lágrimas comenzaron a rodar.

Desde el oscuro cielo, un hombre se mantenía en el aire gracias a sus bellas alas con plumas de hierro. El ángel esperaba el momento para atacar. Sus músculos se tensaban al pensar en esos dos malditos hombres. Llevaba semanas espiándolos, pero ya no podía mas. Esa noche, ellos tendrían su castigo y la vida de la niña cambiaría.

— Hoy esos dos malditos sabrán quien es Seba – dijo para sí mismo y comenzó a descender hasta llegar a la casa.

La puerta de la habitación se abrió y la niña vio a su padre, acompañado de un amigo. Ambos eran gordos y olían a alcohol, le parecían asquerosos. Se acercaban a la cama. Preparados para hacer todas las cosas que no deberían hacerle a una niña.

Al llegar frente a la cama, ambos comenzaron a quitarse el cinturón. En los ojos de los hombres se veía su lujuria. El primero en entrar a la cama fue el amigo del papá. Mientras, el padre de la niña, miraba la escena; estaba parado cerca de la ventana de la habitación. Inmediatamente, el amigo inmovilizó a la niña con sus brazos y entonces... la ventana explotó. El amigo, confundido, buscó el motivo de la explosión y lo encontró. Un joven sin camisa estaba parado detrás del padre de la niña. De su espalda salían dos pedazos de hierro gigantes. Eran alas, alas con plumas de hierro.

— ¡Suelta a la niña o adelantaré sus muertes! – amenazó Seba mirando al hombre sobre la cama, mientras estrangulaba al padre de la niña.

El amigo se levantó de la cama. El ángel soltó rápidamente al padre para darle una patada en la cara al amigo, obligándolo a caer al suelo. Al dejar inconsciente al amigo, Seba se volvió hacia el padre.

Al ver, la manera en que el misterioso alado noqueó a su amigo, el padre intentó salir de la habitación. Cuando llegó a la puerta, dos fuertes manos lo obligaron a dar media vuelta.

— A ti te tengo un futuro peor que el de tu "amigo" –
Seba sonaba lleno de odio–. ¿Cómo es posible que
un padre venda a su hija? No aguantó su ira y comenzó a pegarle puñetazos en la
cara. Cada golpe manchaba las manos del ángel. La sangre
del pedófilo calmaba la ira de Seba. Mientras golpeaba al padre, el amigo se puso en pie. Él
veía las alas del hombre que golpeaba al padre de la niña
y no podía creerlo. Tenía que actuar, si perdía más tiempo,
el alado los mataría a ambos. Miró todo el cuarto en busca
de algún arma, pero no la encontró. Solo vio a la niña,
asustada y escondida bajo su manta. El amigo, no tuvo más
remedio que intentar lanzarse sobre el alado. Comenzó a
correr en posición de ataque, con un puño en alto y el otro
más abajo. Seba, al sentir al hombre acercándose por la espalda
dio media vuelta con un ala extendida. Entonces, la punta
del ala de hierro cortó el antebrazo del hombre, dividiendo
su brazo en dos. La sangre comenzó a salir como una
manguera. Automáticamente, el hombre cayó de rodillas.

— No hay problema, si querías ser el primero, solo
tenías que decirlo – dijo Seba irónicamente al
amigo. Luego dio media vuelta y se dirigió al padre–
. Tú y yo tenemos una cuenta pendiente – el ángel
volvió a golpearlo. Lo tomó por el cuello y de un
impulso, lo lanzó por la ventana rota.

El padre de la niña cayó y quedó tendido en el suelo.
Seba se dirigió hasta el amigo que estaba arrodillado y
llorando de dolor. Seba cogió el brazo amputado y obligó al
amigo a mirarlo.

— Ese dolor que sientes en este momento, no es ni
una cuarta parte del dolor que tú le has causado a
esta pobre niña – el ángel golpeó al amigo varias
veces con la mitad del brazo amputado–. ¡Ahora
quédate aquí! Tengo que hablar con la ella.

El amigo seguía petrificado mirando su propio brazo que estaba a un pie de él. Por otro lado, el ángel se puso de pie y caminó hasta la cama. Antes de hablar con la niña, Seba limpió toda la sangre que había en su rostro y en sus manos.

— Tranquila, he venido a salvarte – dijo Seba a la niña en voz baja, mientras la destapaba–. Ni estos monstruos, ni otros volverán a hacerte daño.

La niña solo lloraba y miraba al ángel que tenía delante.

— ¡Gracias! – articuló la niña.

Primero observó al ángel, miró su cara, su cabello corto negro y la barba negra que decoraba su rostro. La niña no pudo aguantar el impulso y quedó derrumbada sobre Sebastián.

— No llores, ya todo pasó – Seba abrazó a la niña y ella lo apretó agradecida. El corazón de Sebastián se hizo mil pedazos al sentir a la niña–. Ahora vístete y sal de aquí. Ve a la policía y cuéntale todo lo que ha pasado. Yo me encargaré de ellos.

La niña se puso en pie, Seba la ayudó a vestirse y a salir de la habitación. Entonces, el ángel miró a la niña a los ojos, mientras se arrodillaba para estar a su nivel y buscar algo en su bolsillo.

— Toma esto – Seba le mostró un collar con un cuarzo azul en forma de cilindro octagonal.

— Es igual al tuyo – contestó la niña, apuntando al pecho del ángel. Luego tomó el collar y pasó la fría piedra hasta colocarla en su pecho–. ¡Gracias!

— ¡No dejes que nadie lo toque! – advirtió–. Siempre que estés asustada, tócalo y verás que todo miedo desaparecerá.

La niña abrazó a Seba nuevamente y volvió a agradecerle en un susurro quebrado. El ángel respondió el abrazo y dio un tierno beso en la frente de la niña.

Acto seguido, llevó a la niña fuera de la casa y se aseguró que nadie la siguiera. Al ver que estaba segura, Seba volvió al cuarto por el amigo del padre.

Al llegar, el amigo estaba tendido en el suelo, quizás estaba muerto, pero a Seba no le importó. El ángel tomó el cuerpo y lo tiró por la misma ventana que había tirado al padre. Al mirar hacia abajo, vio que el padre de la niña intentaba huir arrastrándose, ambas piernas se rompieron en la caída. Antes de lanzarse por la ventana, Seba tomó una libreta de la niña y en ella escribió todo lo que sucedió. Al terminar la nota, la guardó en su bolsillo y saltó por la ventana, extendió sus alas, sus plumas de hierro disminuyeron la velocidad y se posó en el suelo sutilmente.

— Te dije que tienes una cuenta pendiente – Seba llegó hasta el padre, quien se arrastraba con sus manos–. De aquí tú no te vas.

El ángel levantó su pierna y con sus tenis *converse* pisó con todas sus fuerzas los dos antebrazos del padre. Ambos radios y urnas se rompieron. El padre comenzó a gritar.

Luego de romperle los brazos al padre, Seba arrastró su torso hasta el cuerpo del amigo. Al tenerlos a ambos juntos, comenzó a buscar en los bolsillos de los monstruos.

— ¡Debes tener un celular! – le dijo al padre. Estaba perdiendo el sentido–. ¡Ja, lo encontré!

Sebastián sacó el celular del padre y en su lugar dejó la nota que había escrito. En el celular marcó al "9-1-1", el número para llamadas de Emergencias de Puerto Rico.

— ¿Cuál es su emergencia? – preguntó una mujer al contestar el teléfono.

— Quiero reportar la violación de una niña. La niña está camino al cuartel, pero los violadores cayeron por una ventana y están mal heridos – dijo Seba intentando escucharse neutral para no reflejar su odio–. Ayuden a la niña, está sola y asustada.

— Tranquilo señor, la policía irá hasta su ubicación, la localización por GPS de su celular nos permite saber dónde está justamente – aclaró la mujer–. También he enviado a patrullar las áreas cercanas en busca de la niña. Gracias por su información.

— Muchas gracias – dijo Seba terminando la llamada. El ángel tiró el celular a los pies del padre.

— Aquí tienes tu futuro. Tendrás que vivir el resto de tu vida en una maldita cama y encarcelado. Sebastián se dio media vuelta, extendió sus brillantes y bellas alas de hierro. Con un brinco despegó. Subió lo más rápido que pudo hasta llegar a un punto donde las personas no lo pudieran detectar. A lo lejos, a varias calles de distancia, se escuchaba la sirena de la policía y comenzó a ver luces azules y blancas, que se movían a gran velocidad. Ya la policía iba en camino, los monstruos serían encarcelados y la niña rescatada.

— Al final de la noche, todo terminó bien – dijo Seba para sí mismo, mientras seguía con su vista a la policía para asegurarse de que llegaran hasta su objetivo.

Naranjito es un pequeño pueblo en el interior montañoso de la isla de Puerto Rico. Aunque el clima de la isla caribeña es tropical, este otoño ha sido más frío de lo acostumbrado.

La entrada al municipio de Naranjito es el majestuoso Puente Jesús Izcoa Moure, también conocido como el Puente Atirantado. El mismo, es el primer y más grande, puente atirantado de todo el Caribe. Su desvío conecta con la carretera PR-152 la cual cruza el pueblo de Naranjito en su totalidad. En su trayecto, pasa por el Complejo Deportivo donde se encontraba Sebastián junto a su hermano Leo.

— ¿Qué piensas hacer este fin de semana Seba? – preguntó Leo, quien aguantaba el saco de boxeo que golpeaba Sebastián.

— Voy a llevar a Emma al aeropuerto – contestó Seba mientras golpeaba el saco–. Se va de intercambio a estudiar para España – volvió a dar al saco, pero esta vez con todas sus fuerzas.

— ¡Loco, esa mujer se muere por ti! – acusó.

— ¡Leo no! Somos buenos amigos desde hace años.

— Seba – dijo Leo mientras lo miraba a los ojos y suspiraba–. Date cuenta, la tienes en el *friend zone*.

Leo volvió a recibir un fuerte golpe del saco, ya que Seba le dio nuevamente con todas sus fuerzas.

— ¡Deja el tema! – cortó Seba.

Leo siempre decía lo mismo cada vez que hablaban de Emma, cosa que era bastante recurrente

— ¿Qué piensas hacer? – le preguntó Seba a su hermano.

— Bueno, como quieras... pero te diré "te lo dije" cuando te des cuenta – contestó Leo sobre el tema de Emma–. Pues, tengo que ir para Arecibo. Estaré toda la semana para unos seminarios de la Universidad.

— Bien – contestó Seba, dejando de darle al saco–. ¿Sabes de nuestros padres?

— Lo mismo, viajando como siempre por negocios de la empresa – dijo Leo.

Rara vez, sus padres estaban en la isla. Seba y Leo solo se comunicaban con ellos mediante mensajes de texto.

— Ellos me preocupan. Todo el tiempo con el estrés en el que viven. Ya no están para eso – dijo Leo

— Sí, pero no hacen caso. Deben descansar – le contestó Seba.

La conversación de los hermanos se vio interrumpida cuando el entrenador del gimnasio encendió el televisor y puso las noticias.

— Esta isla está podrida – dijo para sí mismo–. No puedo creer que eso haya pasado aquí.

En las noticias hablaban sobre una niña que fue violada por su padre y un amigo. La niña era entrevistada y decía cómo había sido rescatada.

— Anoche, a mi cuarto entró un... ángel y evitó que me tocaran – relataba la niña con los ojos llorosos y claramente nerviosa–. El hombre con alas me salvó y me regaló esto – concluyó mostrando una piedra azul que colgaba de su cuello.

La imagen de la niña desapareció de la pantalla y en su lugar apareció el reportero ancla del canal.

— Ese fue el trágico relato de la pequeña Amy. Cabe informar, que no hay evidencia del hombre con supuestas alas. De lo que sí hay evidencia es del cadáver desangrado del llamado "amigo" y el mal herido padre de Amy, se cree que luego de una pelea entre ellos, ambos cayeron por la ventana. Debido a la caída, el padre ha quedado cuadripléjico – concluyó el reportero.

Seba miraba a la niña, que ahora sabía su nombre "Amy". El ángel se alegraba de saber que Amy había llegado a salvo y que su vida había cambiado, pero le molestaba el hecho de que la prensa se encarga de publicar su historia para tener más *raiting y* no para concientizar sobre la maldad que hay en el país.

— Tan pequeña, al menos tuvo un buen final – dijo Leo, secándose el sudor–. Lo que sea que la haya salvado merece mi respeto. Alguien debe poner fin a esos malditos.

Sebastián miraba a su hermano con mucho orgullo. Deseaba confesarle que fue él, que es un ángel, pero no podía. Su padre, el que lo entrenó, siempre le advirtió a

Seba sobre la cara oscura del mundo y siempre le dijo que la mejor forma de proteger alguien que amara era no decirle sobre su don.

— ¿Vas a pasar *Halloween* en Arecibo? – preguntó Seba para evadir el tema de Amy.

— Estaré allá hasta el próximo domingo. Si no me equivoco, el jueves 31 es el último seminario.

— Bien, aún falta una semana. Yo no pienso hacer nada – luego de secarse el sudor, Seba se puso la camisa.

Ambos hermanos salieron del gimnasio, caminaron por la pista del complejo hasta llegar al gigantesco elevador que conecta el estacionamiento con el complejo deportivo. Entraron en el elevador y llegaron hasta la planta del estacionamiento municipal.

— Me llamas cualquier cosa – se despidió Leo.

— Dale, si hablas con nuestros padres, me avisas.

Sebastián observaba a su hermano mientras se montaba en su deportivo rojo, pensando.

— ¡Cuánto daría por poder decírtelo, pero es por tu bien!

CAPÍTULO 2

Desde la pequeña oficina de la secretaria, se podían ver los ancianos que esperaban su turno. También, desde ahí, se veían varios niños acostados sobre los hombros de sus madres intentando aguantar el dolor que sufrían.

— Juanita puedes pasar, el Dr. Rivera te espera – anunció la secretaria al ver salir al paciente que estaba con el doctor.

Juanita se puso en pie, agradeció a la secretaria y caminó lentamente, con la ayuda de su bastón, hasta la oficina del doctor.

— ¿Qué haces Liza? – preguntó la secretaria a una chica de cabello rizado sentada a su lado.

— Trabajos de la escuela – contestó Liza en tono aburrido.

— Bien. ¿En qué grado estás? – volvió a preguntar, para entablar conversación con la joven.

— Octavo grado – dijo secamente.

— ¡Qué rápido has crecido! Estudiar es bueno, así serás una profesional como tu padre.

— Yo no quiero ser doctora, no me gusta la sangre. Quiero ser bailarina. Por eso estoy haciendo esto – levantó un poco la libreta y el lápiz–. Para poder ir a los ensayos de baile.

— Las artes son un campo hermoso – apuntó amablemente–. ¿Dónde son los ensayos?

— Aquí en el Pueblo, en el Centro de Bellas Artes.

No despegó la vista de la libreta, escribía muy rápido para poder terminar lo antes posible.

— ¡Qué bueno que estén usando el lugar para dar clases! ¡Es muy lindo!

— Sí. ¡Ya terminé! Me voy – dijo Liza, cerrando su libreta y poniéndose en pie.

La secretaria sonrió al ver el cambio de humor de la joven, dándose cuenta que realmente le gustaban las clases de baile. Liza guardó todos sus materiales escolares, se despidió de la secretaria con un beso en la mejilla y se dirigió hasta la oficina de su padre.

Entonces, la secretaria encendió el televisor y aumentó el volumen al máximo. En el noticiario hablaban del caso de una pequeña niña que decía que un ángel la había salvado de la violación de su padre. Todos los pacientes de la sala se quedaron hipnotizados por la interesante historia que relataba la niña.

— Permiso, papi dejaré mi bulto aquí – Liza dejó caer el bulto en una pared de la oficina–. Me voy para las clases de baile.

— Dame un segundo Juanita – pidió amablemente el Dr. Rivera. El doctor se paró y caminó hasta donde estaba su hija–. Ten mucho cuidado. Hoy salgo tarde, aún tengo muchos pacientes; cuando termine tu clase, vuelves aquí. Te amo – dijo el padre, mientras daba un beso en la frente a su hija.

— ¡No hay problema! – respondió tocando su frente con dos dedos y moviéndolos hacia delante como una señal militar.

Antes de volver con su paciente, el Dr. Rivera salió de su oficina y observó cómo Liza salía hacia la plaza de Naranjito. El Dr. Rivera dio un breve vistazo al noticiario y leyó el titular.

"Ángel salva a niña de ser violada por su padre". No podía creer lo que leía. De solo pensarlo le daba asco. Su hija era lo más que él amaba en el mundo. Ha estado a cargo de ella desde que nació, ya que su madre había desaparecido. Él no imagina como un padre podía hacerle daño a su hija. Para él es imposible dañar, de esa manera, a su Liza.

Liza salió de la oficina de su padre y llegó hasta la plaza de Naranjito. Su objetivo estaba al otro lado. El Centro de Bellas Artes se levantaba imponente. La plaza estaba relativamente vacía. Solo había un hombre sin hogar caminando hacia el estacionamiento municipal y una mujer de pelo rojo que estaba en el gazebo de la plaza.

La niña se detuvo un momento en el medio de la plaza para observar todo. Frente a ella estaba el Centro de Bellas Artes, a su izquierda la Iglesia Católica del Pueblo, a su espalda la rediseñada Casa Alcaldía y en a su mano derecha el gazebo, donde hacía un segundo había una mujer.

Liza sintió una fría ráfaga de viento pasar por su cuerpo. Su piel se erizó y brincó del susto al escuchar una voz.

— Hola joven – dijo la mujer de cabello rojo.

— Hola – saludó tímidamente Liza, intentando alejarse de la rara mujer.

La recién llegada tenía la piel pálida, lo cual hacía resaltar su melena roja. Su cuerpo no era musculoso, pero estaba en forma. El rostro de la mujer era muy bonito, sus ojos eran marrón con una mirada muy segura y un olor dulce emanaba de su piel.

— ¿Tú eres la hija del Dr. Rivera verdad? – preguntó, con tono amable y una linda sonrisa.

— Sí, me llamo Liza. ¿Y usted, quién es?

— Soy una vieja amiga de tu papá. ¿Qué haces por aquí tan tarde y sola?

— Voy a mis clases de baile – respondió, señalando el Centro de Bellas Artes–. Papi está trabajando en su oficina.

La mujer observó toda la plaza, Liza la imitó. Estaban completamente solas.

— Tu padre es muy bueno, pero aún tiene una cuenta pendiente conmigo – luego de mirar todo su alrededor, sin aviso, golpeó a Liza fuertemente con su puño en la cien. Liza cayó noqueada en el suelo de la plaza a los pies de la mujer de cabello rojo. Con una velocidad increíble la mujer tomó a la joven, que estaba inconsciente, la puso sobre su hombro derecho y salió corriendo hasta desaparecer en el atardecer.

Como todos los sábados, la pareja más popular de la radio daba su típico *show* mañanero. Hablaban de política, economía y los chismes del día. La información se acompañaba con la música de moda y con sus parodias para alegrar la mañana de los puertorriqueños.

En el estacionamiento de la estación radial, un hombre esperaba dentro de su auto. Este hombre sujetaba su *tablet*, donde observaba diferentes cámaras que estaban ubicadas en la autopista. En la imagen, él monitoreaba la guagua que traería a su objetivo.

— Esa fue nuestra querida banda "Black Guayaba" con su nuevo sencillo – anunció el locutor, al pie que terminaba la canción.

— Compañero, ¿sabes quién viene en camino? – preguntó la locutora para pasar al próximo tema–. La gran Amy con su conmovedora historia – se contestó ella misma–. Viene a darles un mensaje a todos los radioescuchas.

— Es cierto, ya Amy está llegando a los estudios para contarnos todo lo que pasó y lo más importante, cómo se siente ahora que todo ha terminado – dijo y siguió–. Odio dar este tipo de noticias, pero cuando hay una historia de superación en medio, vale la pena...

La pareja siguió hablando y el hombre en su auto los escuchaba. Odiaba que la prensa exprimiera a una pequeña niña, pero así se vive en este mundo.

El hombre tocó su *tablet* y las cámaras desaparecieron. En su lugar apareció una imagen desde lo alto. Era el casco urbano de Naranjito. Se veía la plaza con las calles que la rodeaban. El video mostraba a una mujer de cabello rojo que corrió a una velocidad inhumana hacia una pequeña niña. Al llegar donde ella, la mujer comenzó a hablar, pero de repente la golpeó, la tomó en sus brazos, la puso sobre su hombro derecho y salió corriendo hasta que desapareció.

Él volvió a tocar la *tablet*, el video también desapareció y se abrió una foto, estaba borrosa y se podía ver lo que parecía ser un ave volando con la luna de fondo. De la silueta de la supuesta ave, salían cuatro extremidades, dos brazos y dos piernas.

— No quiero usar a la niña, pero ella es la única que lo ha visto – murmuró, en la soledad de su auto.

El hombre sabía que el ángel iba a estar al tanto de Amy, y la única posibilidad de localizarlo, era que la pequeña niña le diera un mensaje. Desgraciadamente también sabía que de no hacer nada, la niña secuestrada sufriría un destino peor que la misma muerte.

— Seguridad me informa que Amy ha llegado al estacionamiento – anunció felizmente el locutor.

Efectivamente, Amy se bajó de una guagua negra con un policía armado. Rápidamente se dirigieron hasta la entrada de la estación.

— Es mi momento – pensó.

El hombre tomó una carta que estaba sobre el asiento del pasajero, se bajó de su auto y caminó apresuradamente hasta la niña y el policía.

El hombre era alto, fuerte, aunque barrigón. La pequeña Amy se percató de que la estaba siguiendo. El policía entró en acción.

— No te acerques – advirtió seriamente el policía, interponiéndose en el camino del hombre.

— Disculpa... Mi madre es seguidora de la historia de Amy. Ella se siente muy identificada con la niña y le escribió esta carta – el hombre mintió lo mejor que pudo, utilizó su cara de pena y entregó la carta.

— Yo se la entrego – sentenció el policía y agarró la carta. Había caído en la mentira.

— ¿Puedo hablar un segundo con él? – preguntó Amy al escuchar la razón del hombre.

— Pero Amy, no debes hablar con extraños – contestó el policía, con tono dulce y preocupado.

— Tranquilo, padrino. Será un segundo – contestó la niña al policía.

El policía, padrino de Amy, se apartó un poco, pero no demasiado. Estudiaba la carta que tenía en las manos, pero no la abrió. Mientras, Amy se acercaba al hombre.

— Hola Amy, escuché tu historia y te creo. He visto al ángel que te salvó – dijo rápidamente en voz baja para que el policía no lo escuchara–. Necesito que me hagas un favor.

— ¿Cómo sé que no estás mintiendo? – preguntó mirándolo a los ojos.

— Primero, nunca engañaría a un policía para mentirte. Segundo, el ángel fue el que te dio el cuarzo. Y por último un detalle que no has revelado, las alas del ángel son distintas, sus plumas son de hierro.

El rostro de Amy se iluminó al saber que el ángel es real y que alguien más sabía de él.

— ¿En qué te puedo ayudar? – estaba muy emocionada, deseaba volver a saber del ángel.

— Es simple – dijo el hombre con una sonrisa, ya que tenía a la niña de su lado–. La carta es para el ángel. Debes leerla en la entrevista. Hay otra niña en peligro y él es el único que me puede ayudar. Sé que te estará escuchando.

El día era soleado, Sebastián iba camino al Aeropuerto Internacional Luis Muñoz Marín para dejar a su gran amiga Emma.

Emma y Seba son amigos desde hace muchos años. Estudiaron toda su vida en las mismas escuelas, aunque Seba era dos años mayor que Emma. Pasaron los mejores momentos de su vida juntos, al igual que los peores. La vida de los dos jóvenes fue interrumpida cuando ambos se separaron para seguir con su vida universitaria. Seba estudió un curso corto relacionado a la salud, mientras que Emma estudiaba en la Universidad de Puerto Rico. Ese tiempo que estuvieron separados fue un momento fuerte para ambos, pero nada comparado con lo que estaba a punto de suceder.

Emma estaba lista para viajar a España. Aunque serían solo dos meses, Seba sentía un gran vacío ya que llevaban años hablando y viéndose a diario.

— ¿Estás bien? – preguntó Seba para romper el incómodo silencio.

— Sí, ¿por qué? – respondió Emma.

— Porque está "La Secta" cantando y no estás dando tu concierto – dijo Sebastián, intentando hacer reír a Emma.

Ella rio tímidamente. Seba la miraba y pensaba en lo que Leo le decía. Sebastián miró su ondulado cabello marrón con puntas doradas y su limpia piel, mientras pensaba en la posibilidad. Una pequeña sonrisa nació en su rostro. Automáticamente murió al pensar en cómo le diría a Emma que su amigo de toda la vida es un ángel encargado de proteger a Puerto Rico. Aunque la posibilidad de una relación amorosa lo ilusionaba, le atemorizaba el hecho de poner en peligro a Emma.

— ¿Y tus padres Seba? ¿Están bien? – preguntó Emma, rompiendo con los pensamientos de su amigo.

— Sí… creo, no he podido hablar con ellos porque pasó algo con la empresa y ya sabes cómo se ponen – Emma lo sabía, por todo el tiempo que conocía a Seba y su familia–. Leo está en Arecibo haciendo unas cosas de la Universidad.

Emma observaba a su amigo hablar sobre sus cosas. La mirada de la joven se enfocaba en su barba y en los gestos que hacía al hablar. Emma podía ver que Seba se mordía un poco el labio inferior. Solo ella sabía que eso significaba nervios. Emma había notado que, desde los últimos años, Seba estaba mucho más tonificado. Realmente adoraba a Sebastián, pero en el tiempo que ambos entraron a la Universidad se dio cuenta que sentía algo más.

— Pasaré toda la semana solo, no pienso hacer nada en *Halloween* – terminó de relatar.

— Tranquilo Seba, voy a intentar llamarte – lo consoló, posando su mano en el hombro de Sebastián.

Ambos amigos se miraron y compartieron una tímida sonrisa.

— Bueno, quiero saber las últimas noticias de la Isla antes de irme – dijo Emma, cambiando la estación de radio.

En realidad, Emma se erizó al sentir a Seba y su sonrisa terminó de matarla. Un cosquilleo nació en su vientre, pero lo obligó a parar, ya que era el peor momento para revelar sus sentimientos.

— ¡Llegó! – anunció, a gritos, emocionado el locutor de la radio–. Debo felicitarte porque eres muy valiente al estar aquí.

— Gracias – respondió la niña–. Estoy aquí porque no quiero que nadie más pase por lo que yo pasé.

Seba reconoció esa voz. Él la había escuchado, pero no tan decidida. Esa voz la había escuchado hace unos días y le había agradecido mientras lloraba. ¡Era la niña! ¡Era Amy!

— Puedes subir el volumen, me interesa la historia.

Emma asintió y escuchó la voz de Amy. No pudo evitar soltar lágrimas al escuchar las declaraciones de la niña. Amy explicó como su padre la violaba y habló sobre el ángel que la había salvado. Eso último aumentó el sentimiento, ya que Emma pensó en la inocencia de la niña.

— ¿Tú crees eso? – preguntó Emma–. O sea, lo del supuesto ángel.

Sebastián meditó su respuesta.

— Realmente no sé qué pensar. Prefiero pensar que es una leyenda – contestó.

— A mí me gustaría pensar que es cierto – comentó Emma.

— Te imaginas "El ángel que pelea contra la injusticia". Sería nuestro héroe. Sería súper y demostraría que no estamos solos.

— Pensar que estamos solos en el universo, es un pensamiento egoísta – apuntó Emma.

Ambos callaron y evaluaron la posibilidad. Mientras pensaban, la locutora habló.

— Dime Amy. ¿Qué es esa carta que traes contigo?

— Bueno. Esta carta me la dio una persona, no sé su nombre y no la he leído – explicó la niña mientras la abría–. Es un mensaje para el ángel.

Seba se sorprendió y subió el volumen automáticamente. Miraba el radio fijamente, como si tuviera a Amy de frente.

— Es corto – aclaró Amy–. El mensaje dice: "Sé de dónde eres y necesito tu ayuda. Te espero mañana en la noche donde Lucifer ve las estrellas".

Mil cosas pasaron por la mente del ángel. Un duelo comenzó en su interior sobre si ir o no ir.

— Que escalofriante – logró decir Emma, luego de escuchar el raro mensaje.

— ¿Crees que el ángel debe asistir? – preguntó automáticamente sin pensar en lo que dijo. Rápidamente decidió arreglarlo–. Puede ser una trampa.

— Sí, debe – contestó firmemente–. ¡Él es nuestro héroe!

— Buen argumento – Seba tomó su decisión–. Emma, hemos llegado.

Emma miraba, con ganas de llorar, el gran *gate* que tenía frente a ella. Sebastián no dio tiempo a las palabras, él sabía que mientras más rápido se fuera, más rápido llegaría. Seba se bajó y sacó las dos maletas de Emma. Acto seguido llegó al lugar del pasajero, abrió la puerta y le tendió la mano para ayudarla a bajar.

— No llores Emma, es por tu futuro – Seba disimulaba las lágrimas.

— Gracias… – Emma cayó en los brazos de su amigo. Él la apretó, no quería soltarla–. ¡No sé qué decir!

— No digas nada – Seba la volvió a abrazar y dio un beso en la mejilla, pero el beso estuvo más cerca de los labios de Emma. Automáticamente ella se sonrojó–. Solo prométeme que te mantendrás en contacto, aunque sea por mensajes – dijo Seba al oído de Emma sin soltarla.

— Cuenta con eso – respondió ella, aún roja y con un fuerte cosquilleo.

— Bien. Ahora ve, se te hará tarde – Seba soltó lentamente a Emma pasando sus manos por su cintura.

Emma se dio media vuelta, confundida y emocionada, entró al aeropuerto con sus maletas. Sebastián observó cómo su amiga pasaba el primer puerto de inspección. Al pasar, Emma se dio media vuelta y tiró un beso con su mano. Seba le respondió. Emma dio varios pasos hacia adentro y automáticamente se perdió en el mar de viajeros.

Sebastián se dirigió a su auto mientras limpiaba sus lágrimas. Salió a toda velocidad del aeropuerto, mientras deseaba que los dos meses pasaran de prisa.

— Son solo dos meses – se convencía en sus pensamientos.

Ya un poco más tranquilo y lejos del aeropuerto. Decidió pensar en Amy y su mensaje. Mientras más ocupado esté, más rápido pasará el tiempo.

Seba tenía claro que la persona que lo quería ver, sabía que vivía en Naranjito. "Sé de dónde eres". Quiere reunirse mañana en la noche, pero ¿dónde? "Donde Lucifer ve las estrellas". Sebastián lo meditó durante varios minutos.

"Naranjito. Lucifer. Estrellas" su mente daba mil vueltas a esas palabras, Seba sabía que ahí estaba la clave.

— ¡Ya sé dónde hay un Lucifer y que casualmente ha visto a muchas estrellas! – gritó Seba emocionado.

No pudo evitar una gran sonrisa de entusiasmo por haber podido descifrar el mensaje.

CAPÍTULO 3

El olor a café inundaba todo el local. Era una fría noche en Naranjito. Al fondo de la cafetería estaba el mostrador y detrás de él, la inquieta mesera que se movía de lado a lado complaciendo los pedidos de los clientes. En el televisor grande, que había incrustado en la pared, transmitían las noticias donde informaban sobre los recientes crímenes para que los clientes, que esperaban sus respectivos servicios, se nutrieran con la nueva información. Fuera de la cafetería, en la plaza del Pueblo, comenzaron a escucharse voces y risas. La obra de teatro de turno había terminado y la plaza tomó vida. Seba consultó la hora, ya su informante está a punto de llegar al lugar de encuentro.

— Su café señor – dijo la mesera.

La chica era delgada, joven y de estatura promedio. Sus clavículas se marcaban, en sus ojos llevaba sombra oscura y en sus labios resaltaba un labial violeta. Era hermosa, pero lo más que llamaba la atención era su cabello. Este, era completamente gris con ondas que terminaban en sus hombros. Había algo mas que llamaba la atención de Seba...

— Muy lindo el cuarzo – dijo, mientras apuntó al cuello de la chica.

— Muchas gracias – contestó la joven, tocando la fría piedra–. Veo que usted también lleva uno. ¿Puedo saber su significado?

— ¡Seguro! el cuarzo azul se utiliza para atraer a los ángeles y los buenos pensamientos – comentó mientras daba un sorbo a su café–. ¿Y el de usted?

— ¡Interesante! – concedió y añadió–. El mío es el ónix, purifica el alma y corazón.

— Cada piedra va con su portador – comentó, mientras volvía a tomar de su taza.

— ¿Es usted friolento? – preguntó la joven mientras recogía la mesa y veía el gran abrigo oscuro que yacía en ella–. Sé que este otoño ha estado frío, pero yo adoro el frío.

— Sí, ya sabes cómo está el clima últimamente, cambia en un abrir y cerrar de ojos.

El silencio comenzó a adueñarse de la plaza. Solo quedaba un solitario hombre frente a la estatua de San Miguel Arcángel en la entrada de la Iglesia Católica del Pueblo.

— ¿Ya es hora de cerrar? – preguntó poniéndose de pie al ver al solitario hombre, quien debía ser su Informante.

— Aún tenemos media hora – contestó amablemente la hermosa chica de cabello gris.

— Me gustaría quedarme, pero hay alguien esperándome – contestó, poniéndose su abrigo y recogiendo sus pertenencias que estaban sobre la mesa.

— En ese caso, buenas noches – dijo bajando el tono de voz–. ¡Espero volverlo a ver!

— Buenas noches – respondió y la miró a los ojos–. Ha sido muy amable, pero creo que no le pregunté... ¿Cuál es su nombre?

— Discúlpame, no me presenté. Me llamo Victoria – contestó con una gran sonrisa que iluminó su rostro.

— Lindo nombre – apuntó–, soy Sebastián.

Luego de un apretón de mano, Seba se despidió de Victoria, dio media vuelta y salió de la cafetería para dirigirse hacia el solitario hombre.

El Pueblo estaba casi desierto. El Centro de Bellas Artes había cerrado y los espectadores se movilizaban hacia la plaza, mientras otros, degustaban un buen café de la única cafetería abierta a esa hora.

La plaza era rectangular y tenía tres importantes construcciones. Un gazebo circular de cemento que era completamente abierto, el techo era piramidal y contaba con seis columnas. En el medio de la plaza, una bella fuente, con cuatro estatuas que representaban el deporte del pueblo, el voleibol. Y al fondo, se alzaba la Iglesia Católica del Pueblo, reconstruida en forma rectangular con la entrada en forma de triángulo y en su punto más alto, una imponente cruz.

Estaba la plaza, rodeada de árboles gigantes y podados en forma circular. Estos árboles estaban completamente simétricos. También había diferentes jardines con farolas y bancos, los cuales le daban un aspecto muy acogedor a la plaza de Naranjito.

En la entrada de la iglesia, justamente frente a la estatua de San Miguel Arcángel, patrón del pueblo, se posaba un hombre vestido de negro. Este hombre era fuerte, bastante alto y aparentaba unos 35 años, vestía una chaqueta y una gorra que no dejaba ver sus ojos.

Para no ser visto, Seba se puso el gorro de su abrigo y rodeó la iglesia. Al llegar a las escaleras, vio al Informante de espaldas contemplando la estatua de San Miguel. La escultura presentaba al Arcángel posando su espada sobre Lucifer, mientras este se arrastraba. Los ojos de Lucifer iban directo al Centro de Bellas Artes de Naranjito, donde se presentaban estrellas de toda la isla.

— Linda estatua, ¿no? – comentó el Informante al sentir la presencia de Seba.

— ¿Qué haces aquí? – preguntó Seba para comprobar que era la persona indicada.

— Esperándote – contestó muy confiado–, esperando al hombre con alas de hierro.

— ¿Cómo sabes que soy a quien esperas y no cualquier loco de la zona?

— Simple. Cualquier otro "loco" como tú dices, no hubiera llegado con tanto misterio y completamente encapuchado.

— ¿Qué tienes para mí? – preguntó Seba, al ver que era la persona indicada–. ¿Por qué me llamaste?

— He visto lo que has hecho. Aunque trabajas en silencio. Te has convertido en el héroe de Puerto Rico. Vi lo que hiciste con la madre asesina de Dorado y con el violador hace unos días.

— Veo que estás bastante actualizado – contestó el ángel, mientras evadía al Informante.

— Debo admitir que eres de admirar – dijo, mientras intentaba ver la cara de Sebastián.

— Muchas gracias, pero... ¿tienes algo más para mí?

— Eso es correcto. Tengo un caso para ti. No sé si antes has tratado con algo así. Se han estado escuchando ruidos por un río muy cerca de la que era mi casa. He ido a investigar, encontré sangre y... – introdujo una mano en su bolsillo y sacó un objeto fino y muy blanco– huesos.

— ¿Asesino en serie? – preguntó mientras tomaba el hueso que le tendía su Informante. Seba analizó el hueso detalladamente–. Es una clavícula, pero es pequeña. De una persona que no terminó de crecer, parece de alguien menor de 15 años – los cursos en medicina le ayudaban a hacer su trabajo.

— Si fuera un asesino en serie hubiese ido a la policía. Con varios tiros todo esto se resolvería – contestó

mientras reía–. Pero si no tengo un nombre para referirme a ti, no podré darte más información.
— ¿Es necesario? – preguntó secamente.
— Esto es más grande de lo que crees. Necesito saber a quién le estoy hablando, al menos un nombre – aunque estaba desesperado mantenía su neutralidad–. Debes entenderlo joven, esto es muy peligroso, por eso te busqué a ti. En estos momentos hay una niña de 14 años secuestrada y me temo que no será lo peor que le pasará.
Aunque no sabía de qué se trataba, ya Seba estaba dentro del caso. Había muchas cosas que Sebastián podía perdonar. Al ángel no le importaba si mataban o robaban el mundo, pero lo que sí le importaba eran los niños. Las únicas dos cosas que Seba odiaba era el abuso, tanto físico como sexual, a un niño o anciano. La mayoría de los casos que el ángel había tratado, eran sobre madres que asesinaban a sus hijos o de padres que los violaban, como dijo el Informante. Esos dos tipos de personas estaban muertas para él.
Pero Seba no podía revelar su identidad a ese desconocido, tuvo que pensar rápido.
— Si te ayuda en algo dime "Matt" – contestó el primer nombre que le vino a la mente.
— A lo "*DareDevil*" – contestó el Informante riendo al ver la conexión–. Bueno mi querido "*Murdock*". Como te dije no estamos hablando de un asesino, ni si quiera es humano. Estamos hablando de una auténtica bruja.

Desde los brazos de la Bruja, Liza podía ver todo. Estaban en un lugar lleno de árboles. Los animales cantaban en la oscuridad, hacía frío y había un fuerte olor a madera, las ramas que tocaban a la chica estaban húmedas. Al fondo del camino, la luz de la luna delataba múltiples rocas que se posaban a la orilla de un río.

La Bruja corría ágilmente por toda la naturaleza. El pelo de ella chocaba en el rostro de la niña. El cabello era rojo como la sangre y su rostro había dejado de ser bello, ahora era pálido y tenía muchas grietas que lo cubrían. Sus ojos también cambiaron, ya no eran marrones angelicales sino, eran completamente negros como la noche. Su olor también cambió, era un olor fuerte, nauseabundo.

Al llegar hasta las rocas, la Bruja paró y comenzó a saltar ágilmente sin soltar a la pobre niña secuestrada. Cuando llegaron a la punta de la roca más alta. Se logró apreciar un circulo perfecto, delimitado por diferentes rocas. El centro estaba lleno de agua, como si fuera una piscina natural. El pozo era tan hondo que no se apreciaba el fondo.

— Espero que sepas aguantar la respiración – dijo la Bruja a Liza, mientras la miraba con sus oscuros ojos–. No quiero que mueras antes de tiempo.

El miedo no dejaba que Liza articulara palabra. Cuando encontró las fuerzas para hablar, la Bruja se tiró al pozo. Su cuerpo se erizó al sentir el agua fría. Abrió los ojos he intentó enfocarlos bajo el agua. Estaban en un túnel, luego de bajar por unos segundos llegaron a un pasillo más estrecho donde solo cabía una persona y el agua era aún más fría. El agua comenzó a entrar en la garganta de la joven. En la desesperada búsqueda de aire, logró ver una luz. Al terminar el pasillo comenzaron a subir. La luz estaba cada vez más cerca y el oxígeno era menos en sus pulmones.

Al llegar a la superficie, Liza tomó una gran bocanada de aire. La felicidad de tener aire en sus pulmones desapareció cuando sintió ese asqueroso olor a putrefacción. Ella comenzó a vomitar cuando el aire pasó por su tráquea. Al mirar a su alrededor vio el motivo del olor. En las paredes de la cueva había huesos y piel colgando. El suelo estaba lleno de sangre y agua. En una de las paredes de la cueva, había lo que parecía ser el cuerpo de un caballo. Estaba abierto en su vientre y tenía pedazos de carne esparcidos cerca de él. Frente a esa pared había un tipo de jaula hecha de madera a la cual se dirigían.

— ¡Nena! metete ahí y no te muevas! – le ordenó la malvada mujer.

Delante del agujero por el que habían entrado había una hoguera y algunos cuchillos. De la hoguera provenía la luz que iluminaba todo. La Bruja llegó hasta el caballo muerto y se arrodilló frente a él. Del cuerpo, tomó algo y se lo ofreció.

— Come esto – dijo, mientras tiraba un pedazo de carne medio podrido–. Considéralo tu última cena – se acercó a la jaula y de un golpe la cerró.

La plaza estaba desierta, solo se apreciaba el ruido del agua en la fuente central.

— Todo comenzó hace nueve años – relataba el Informante–, en mi juventud me gustaba ir al río para investigar las múltiples cavernas y los túneles que ahí se encuentran.

— ¿Ibas solo? – interrumpió Seba.

— La mayoría de las veces – contestó y continuó–, pasaba horas por esas aguas.

El Informante caminó hasta las escaleras de la iglesia y contempló la bella, oscura y desierta plaza.

— Ya no estoy seguro de lo que vi. Mientras salía de una de las cavernas algo tomó mi pierna – hizo una pausa y miró su pierna derecha, como si reviviera sus recuerdos–. Algo me estaba apretando el tobillo, sentía como me halaba y me quemaba como si fuera una pesa caliente. Rápidamente pensé en algún bejuco o algún objeto que había caído al río, pero no – el Informante se dio media vuelta y observó a Seba, que lo miraba con ansiedad–. Era una mujer, tenía una maldita mujer de cabello rojo anclada en mi tobillo.

En el momento en que el Informante habló de la mujer un fuerte relámpago iluminó el cielo y comenzó a llover. El aguacero provocó que la temperatura disminuyera un poco más.

— ¿Qué sucedió con la mujer? – preguntó Seba.

— Luego de que por poco me da un infarto bajo el agua, el instinto de supervivencia se activó. Bajé para intentar subirla a la superficie, pero ella no soltaba mi tobillo. Cuando puse mi mano sobre su mano, ella comenzó a acercarse y cuando tuvo su boca cerca de mi cara comenzó a abrirla mostrando sus dientes. La muy zorra intentó morderme.

— ¿Tú piensas que la mujer que intentó morderte hace años es una bruja? – preguntó el ángel perdiendo el interés.

— No te he contado la mejor parte. Luego de varios puños logré liberarme de ella, salí a la superficie y me alejé del río. Corrí lo más rápido que puede, pero en pocos minutos mis piernas se rindieron. Cuando estuve lejos del río, noté que mi tobillo me seguía doliendo. Me detuve a revisarlo y tenía esto… – dijo mientras se arrodillaba y le mostraba su tobillo derecho.

Seba se acercó al tobillo del Informante. Alrededor de la articulación tenía tatuado cinco dedos perfectos. La marca ya había cicatrizado, parecía hecha con hierro ardiendo, como las marcas de las vacas.

— ¿Puedo? – preguntó Seba para tocarlo. El Informante aceptó con la cabeza. La cicatriz se sentía con relieve como si tuviera algo debajo. Seba supo que lo que hizo esa marca no era humano.

— Desde hace unos días se está viendo a una extraña mujer de cabello rojo – añadió el Informante, mientras Seba miraba la cicatriz–. Hace unas noches se reportó como desaparecida una joven.

El Informante sacó la *tablet* que tenía escondida en su chaqueta. Toco varias veces la pantalla y mostró una imagen al ángel.

— Ella es Liza Rivera, hija del Dr. Rivera.

Seba se puso en pie, tomó la *tablet* y observó la foto. En ella se veía a una niña con la mujer de cabello rojo detrás de ella.

— ¿Sabes algo más sobre esta mujer? – el ángel miró al Informante, entregándole la *tablet.*

— Bueno, yo no. Cuando conté mi historia, todos me dieron por loco. Sin embargo, una pequeña niña me escuchó hablando sobre la mujer de cabello rojo y se acercó a mí. La niña, bueno ya debe ser una mujer, dice que ella vio a una mujer bajar al río con un hombre una noche hace nueve años. También dice que escuchó muchos gritos esa noche y en la madrugada vio al hombre subir solo.

— Perfecto, con eso bastará – contestó Seba, ya deseaba saber la verdad sobre el caso–. ¿Sabes dónde vive la chica y cuál es su nombre?

— Sí, ella vive con su abuela en el barrio Achiote. Su casa está muy cerca del río, es por donde yo vivía.

— Si encuentro algo... – dijo Seba–. ¿Cómo me puedo comunicar contigo?

El Informante sacó un pequeño papel de su bolsillo. Introdujo su otra mano en otro bolsillo y sacó un bolígrafo. Con letra deforme escribió su número de teléfono y se lo entregó al ángel.

— Si te interesa, dame una llamada – entregó el papel.

Seba le dio una mirada, lo dobló y lo guardó.

— Bien, mañana iré y me inventaré alguna historia. ¿Sabes el nombre de la joven?

— Sí, se llama Ana. Ana Stone.

CAPÍTULO 4

El mejor momento del día para una joven universitaria es llegar a su casa, luego de un largo día de estudios. Ana Stone pasó la entrada de su pequeña comunidad en el barrio Achiote en Naranjito. La comunidad era un lugar pequeño, pero con muchas casas. Solo había una carretera estrecha que cruzaba toda el área hasta llegar a un rincón sin salida. Cerca del final, estaba la casa de Ana y su abuela. Lo único que había después de la casa, era un sendero de tierra que llegaba hasta el río. Ana fue saludando a todos sus vecinos, ya que los conocía de toda la vida. Al llegar a su casa, Ana vio a su abuela charlando con un joven. Era fuerte, guapo, con barba bien arreglada.

— ¡Hola abuela! – saludó Ana al bajarse de su auto–. ¡Buenas tardes! – saludó al joven. Ana no podía evitar mirar al extraño joven.

— ¡Hola hija! Estaba hablando de ti con este joven llamado... – la abuela intentó recordar el nombre, pero fue en vano.

— Hola, soy Seba. Perdón, Sebastián – se puso en pie y le ofreció su mano a la chica.

— Soy Ana – se sintió un poco intimidada, ya que la voz de Seba era segura y amable–. Permítanme un segundo para ponerme cómoda y me cuentan de qué hablaban.

Ana entró rápidamente a la casa. Cuando estuvo dentro, pensó en la mirada del joven, realmente era hermoso. Stone entró en su cuarto, se quitó la camisa con botones que usó para dar una presentación en la

Universidad, caminó hacia su *closet* y tomó una camisa sin mangas, la cual dejaba su espalda descubierta. La camisa era negra y con una calavera dibujada en su pecho. Ana se miró en el espejo, observó su espalda que estaba al descubierto. Estaba llena de tinta. La tinta formaba diferentes líneas y estas líneas formaban una gran obra de arte. El dibujo comenzaba desde sus escapulas y bajaba por su fina espalda hasta formar dos enormes alas. Ana miró sus alas tatuadas y recordó lo que le decía su abuela antes de dormir.

Sebastián escuchaba como la señora hablaba de su nieta. Le contó que Ana era estudiante de leyes y que le apasionaba la justicia. La conversación se interrumpió cuando Ana salió al balcón. Seba la observó vestida casual, ¡se veía bella! Stone era una joven con un rostro que desprendía luz, era rubia con el cabello un poco más abajo de los hombros, sus mejillas eran rosadas con pecas y ojos verdes. Su cuerpo era delicado. En conclusión, Ana Stone era una mujer "para guardarla en una caja de cristal y que nada la dañe".

— ¡Ahora sí! – interrumpió Ana–. ¿A qué debemos la grata visita?

— Anita. Le estaba contando a este joven, que tú estudias justicia.

— Sí – interrumpió Seba–, justamente estoy aquí por un trabajo de una de mis clases.

— ¿Ajá? – se interesó Ana–. ¿Dé que es el trabajo?

Sebastián se preparó para comenzar la mentira.

— Es de una nueva clase de investigación. Mi trabajo consiste en buscar leyendas urbanas y documentarlas.

— ¡Qué interesante! ¡No puedo creer que una clase así sea real! – Ana se interesó más en los motivos del sexy joven–. ¿En qué universidad estudias?

Seba ya tenía la respuesta a esa pregunta. Antes de contestar, su mente trajo a cierta persona; Emma. ¡Realmente la extrañaba! Sebastián apuntó en su agenta mental: "llamar a Emma cuando salga de aquí".

— En la Universidad de Puerto Rico, Recinto de Río Piedras – contestó con tranquilidad.

— En la IUPI. Yo estudio ahí – dijo alegremente.

Comenzaban los problemas. Seba no contaba con que la hermosa Stone estudiara en la IUPI.

— ¿Qué profesor te envió el trabajo? ¿Cuál es el nombre de la clase? – preguntó Ana. Realmente mostraba interés por el tema. Se acercó un poco más, ya que había permanecido en la puerta de entrada.

— Se apellida Miranda – Seba salió del paso con el primer apellido que llegó a su mente–. No sé el nombre de la clase, pero sé que es de investigación. Es una clase electiva y la tienen en probatoria.

Sebastián sabía que tenía que cambiar el tema. Stone ya estaba haciendo demasiadas preguntas. Si seguía así, lo descubriría.

— En fin, como mencioné, busqué una leyenda y me dijeron que en el río de aquí hay una – Seba fue al grano.

La cara de la abuela se desfiguró y miró a Ana. Luego relajó el ceño y observó a Seba de pies a cabeza.

— Bueno hijita, creo que este joven quiere hablar contigo. Los dejó a solas, voy a colar café.

La abuela abandonó el balcón y entró a la casa. Ana y Seba se quedaron solos.

— ¿Qué sabes sobre la leyenda? – Ana rompió el hielo y se sentó en el muro del balcón frente a Sebastián.

— No mucho realmente – Seba sentía que algo no iba bien–. Solo sé de una mujer con el pelo rojo.

— Lo que me temía... – Ana bajó la cabeza avergonzada–. ¿Fue Bruce verdad?

— ¿Qué? – Sebastián no entendió la pregunta.

— ¿Fue Bruce quien te contó? El que era nuestro vecino – Ana volvió a mirarlo.

Seba lo comprendió, se refería al Informante. Él le había dicho que vivía cerca de Ana. Seba no sabía su nombre hasta ese momento.

— Sí, nos encontramos para un café y me dijo todo – Ana respiró fuertemente al escuchar al joven. Miró hacia dentro de la casa, a su abuela. Ya el olor a café se movía por el aire–. Pero si hay algún problema en responder, no es nada. Solo me iré – dijo Seba al notar la rara atmósfera que creaba el tema.

Ana miró a Sebastián y sonrió. Su sonrisa era hermosa, realmente ella irradiaba luz.

— No, tranquilo – relajó Ana–. Es que a mi abuela no le gusta el tema. Fue hace nueve años y ella tuvo que llevarme a psicólogos y muchos especialistas, porque pensaba que estaba loca.

Sebastián se sintió un poco incómodo. Pensó en abandonar el lugar para no hacer sentir mal a Ana, pero recordó que había una joven en peligro y no podía perder tiempo.

— ¿Pero por qué? ¿Qué viste esa noche? – preguntó.

Ana miró hacia el río. Seba pensó que lloraría.

— Hasta las noticias vinieron – comenzó. Seba se arqueó hacia delante para escucharla mejor–. Una noche, hace nueve años, estaba dormida, pero un ruido me despertó – Ana se puso en pie he hizo una seña con la mano a Seba para que viera por donde vio todo–. Cuando me acerqué a esa ventana, vi a dos personas bajando por ahí. Era un hombre alto con un sombrero y una mujer de cabello rojo, que casi no podía caminar.

Ana se detuvo. Miró el camino, luego volvió a mirar a Sebastián. Sus ojos delataban que no quería terminar la historia.

— ¿Qué sucedió Ana? ¿Qué pasó con la pareja? – Sebastián se puso de pie y caminó hasta Ana. Seba se paró frente a ella y colocó sus manos en cada hombro de Ana. Stone se estremeció al sentir al joven tan cerca. Las manos de Seba le proporcionaron confianza para poder seguir con la historia.

— Cuando entraron al río, volví a mi cama. No tenía ningún tipo de malicia a esa edad. Pensé que buscaban algo o solo querían refrescarse – Ana puso cara de ilusa. Volvió a mirar a los ojos a Seba y sonrió–. De repente comencé a escuchar gritos que venían del río. Rápidamente busqué a la pareja y… – se detuvo y miró a su abuela que seguía en la cocina.

— ¿Y? ¿Qué pasó? ¿Qué viste? – Sebastián estaba en tensión.

— Gracias a lo que vi fue que tuve que ir al psicólogo. Abuela siempre ha pensado que todo son inventos de mi imaginación.

— No te juzgaré, dime qué viste – Seba ejerció un poco de presión en los hombros de Ana sin percatarse.

— Había luz, como fuego, que iluminaba parte del río. La mujer seguía gritando, como si le estuvieran haciendo un gran daño. De repente, se elevaron dos ramas enormes, como si los árboles tuvieran tentáculos – se detuvo en espera de algún reclamo o protesta de Sebastián, no hubo–. Esas dos ramas bajaron en picada, con un gran filo… Luego de eso todo fue silencio.

Seba notó que ese evento había traumado a la linda joven. Ana tenía el pulso acelerado y su voz temblaba.

— ¿Qué pasó luego? ¿Todo terminó ahí? ¿Y el hombre del sombrero? – Seba la bombardeó con preguntas.

— ¡Ojalá hubiera acabado ahí! Eso fue lo peor – comenzó a relatar de nuevo, sus ojos estaban aguados–. El hombre subió solo. Caminando, como si nada hubiese pasado. Iba tan tranquiló que hasta estaba jugando con un juguete mientras caminaba – Ana se detuvo. Su piel se erizó, claramente el hombre le producía miedo–. Él la mató y salió como si nada... Jugando...

Sebastián apuntó mentalmente todo sobre el hombre del sombrero. Ya tenía un poco de información, pero necesitaba más.

— No sabía que era tan serio – Seba notó que Ana lloraba. No tuvo más remedio que abrazarla. Mientras la consolaba pensó en todo. Si todo era cierto, la mujer no había muerto por esas supuestas ramas.

Ana se tranquilizó en los brazos de Seba. Cuando estuvo mejor Seba la soltó y ella se volvió a sentar en el muro del balcón, él se sentó a su lado.

— Disculpa que insista... – Seba necesitaba más–. ¿Actualmente han pasado cosas raras en el río?

— Hace mucho que no, bueno de vez en cuando se escuchan ruidos fuertes de animales, pero creo que eso es normal.

— ¿De qué tipo de animal?

— Lo último que escuché fue como un caballo... – dijo mientras recordaba–. Ahora que recuerdo, escuché como una niña, pero deben ser las hijas de los vecinos que van mucho a jugar con el agua.

Seba sabía que ya tenía toda la información que la joven le podía dar.

— Yo no jugaría luego de esa historia – dijo Seba para terminar y se puso en pie.

— Créeme, yo tampoco. No bajo al río desde hace nueve años. ¿Te puedo ayudar en algo más?

— Ya tengo todo lo necesario para el trabajo. Voy a acercarme un poco al río para tomar algunas fotos del área.

El rostro de Ana cambió al escuchar que iba para el río.

— Tranquila, voy solo. Será solo un momento – Seba mostró su gran sonrisa para tranquilizar a Stone.

— Gracias... ¿Sebastián? – dijo dudosa–. Soy mala recordando nombres. Si necesitas algo más, no dudes en volver.

— Gracias a ti. Has sido muy amable – Seba extendió la mano.

— De nada y por favor, no estés mucho tiempo en el río. Te lo pido – Ana se escuchaba realmente preocupada.

Seba asintió con su cabeza, luego de un apretón de manos como despedida, comenzó a caminar hacia el río.

Seba caminaba en medio de los árboles y observaba todo en busca de algún indicio de vida. El terreno era difícil, había rocas y ramas por todas partes. El suelo estaba mojado y formaba fango. El ángel esquivaba todo para evitar caerse.

Los troncos de los árboles eran escasos, según se acercaba al río. Antes de verlo, podía oler la frescura que emana el cuerpo de agua.

— Este lugar es enorme – pensó Sebastián.

Al ver el majestuoso cuerpo de agua, el ángel comenzó a caminar hacia él. Un crujido debajo su *converse* lo obligó a detenerse. Al bajar la vista, vio pequeñas astillas blancas alrededor de su pie. Automáticamente levantó su pie para ver qué había pisado.

En el suelo, aplastado y en añicos, estaban los restos, de lo que claramente era un hueso. No se distinguía si era humano o animal, pero no cabía duda de que era un hueso. Seba se arrodilló para examinarlo. Era pequeño, seguramente de la mano, podía ser un metacarpo o falange. Seba quería pensar que era de algún animal, pero el estado y el tamaño coincidía con la clavícula que le había mostrado el Informante la noche anterior.

Sebastián se puso en pie y buscó con la mirada alguna pista para seguir el rastro. Frente al pequeño hueso, a unos veinticinco pies, estaba el río. En el espacio que los separaba había dos marcas de pisadas, pero cada uno tenía al menos seis pies de distancia.

La mente de Seba imaginó a un gigante con piernas de al menos cuatro pies de largo. Automáticamente la imagen murió al recordar que el Informante dijo que la Bruja se movía a velocidad increíble mientras saltaba. Seba llegó al río siguiendo las marcas. En el fondo del agujero que creaba la pisada se veían pequeñas gotas de un líquido rojo, posiblemente era sangre.

El río era enorme, arrastraba mucha agua y el cielo estaba claramente reflejado en la superficie. ¡Era un lugar hermoso! Seba llegó a pensar que estaba en el lugar equivocado hasta que una ráfaga de viento lo rozó por la espalda.

Rápidamente, Seba se dio un giro de 180 grados en busca del origen. En medio de los árboles se veía una silueta moviéndose a gran velocidad. Esta silueta tenía un punto rojo en su cabeza. La silueta comenzó a moverse en forma circular, dejando a Seba en el medio. Lo examinaba, y luego se escondía detrás de los árboles. Sebastián notó

TORBELLINO
DE
ALAS

Madera

que la velocidad no era constante y que el ser que tenía esos poderes se veía obligado a detenerse y descansar.

— ¡Muéstrate! – gritó el ángel. La silueta pasó de árbol a árbol–. ¡Sé qué eres! ¡Muéstrate bruja! La silueta se detuvo detrás de un árbol y comenzó a salir. Primero mostró su brazo. Era un poco pálido y con las uñas arregladas. Luego dejó ver su torso. Vestía una camisa negra, vaquero ajustado y botas oscuras. Después de examinar su vestimenta, Seba miró su rostro. Era hermoso, con sus facciones marcadas, ojos grandes, penetrantes y un hermoso cabello rojo bien arreglado.

— ¡No me haga daño! – pidió la bella mujer–. Estoy perdida.

Seba analizó la situación. Esa hermosa mujer no iba a nublar su juicio. El Informante le había mostrado el video cuando la Bruja secuestraba a la pequeña niña. Había comenzado igual, siendo una hermosa mujer y luego atacó.

— A mí no me engañarás con ese truco – dijo Seba. La mujer posó sus ojos sobre los del ángel y rio.

— ¡Al menos lo intenté! – los ojos de la mujer se oscurecieron, mientras su piel se comenzó a poner blanca. En su rostro comenzaron a nacer múltiples grietas que la cubrieron en su totalidad.

Luego de terminar su trasformación, corrió hacia Seba dándole un fuerte golpe en el pecho. El ángel cayó al suelo desorientado, no esperaba el golpe. Rápidamente se puso en pie y buscó a la Bruja con la mirada.

La Bruja salió de su escondite a gran velocidad para volver a golpear a Seba. Ya el ángel estaba preparado y la había localizado. Justo antes de que la Bruja lo tocara, él sacó sus brillantes alas de hierro y la golpeó enviándola al suelo. La Bruja miró al ángel con las alas extendidas y su camisa rota en la parte de los omoplatos, se puso en pie.

— Con que eres un ángel, el Puppeteer me ha hablado de ustedes – dijo, mientras meditaba o analizaba a su rival–. Este 31 de octubre será divertido.

FEN RIVERA

49

Sebastián no la quería escuchar. Dio un salto y extendió sus alas. Pensaba caer y clavar sus plumas brillantes en el pequeño cuerpo de la Bruja pelirroja y terminar con el problema. Al ver al ángel sobre ella, la Bruja decidió dar un salto hacia atrás. Seba cayó de rodillas y clavó sus alas en el suelo. La mujer tomó un poco de arena del río y dijo.

— ¡Nos veremos pronto angelito! – la Bruja sopló la arena de su mano. La arena, al llegar a Seba, se trasformó en un humo muy denso que impedía la vista del ángel.

Cuando el humo se disipó la Bruja no estaba. Seba estaba solo en aquel río y no veía ninguna pista de la mujer.

Sebastián comenzó a buscar río arriba, caminó por más de media hora. Lo único que pudo notar fue un oscuro pozo rodeado de rocas. Al no poder encontrar nada más, decidió irse y buscar más información sobre esa mujer. Quería saber quién es o quién era antes de ser bruja. Y sobre todo saber qué quiere hacer el 31 de octubre.

CAPÍTULO 5

Sebastián salió de una estación de gasolina. En ella había comprado un celular pre-pagado con algunos minutos. Tenía que comunicarse con Bruce lo antes posible y confirmarle la existencia de la mujer de cabello rojo. En la mano derecha, Seba, tenía el celular y en la izquierda el pequeño trozo de papel con el número del Informante.

Seba suspiró y marcó el número. Sonó una, dos, tres veces. Sebastián miró alrededor para asegurase de que nadie lo observaba.

— ¡Buenas tardes! – saludó Bruce, en un tono seco, no conocía el número que lo llamaba.

— Soy... – pensó antes de decir su nombre– Matt. ¿Dónde estás? ¡Encontré a nuestra amiga! – Seba hablaba en clave.

— Estoy en Naranjito, en el Complejo Deportivo, en el desvío – respondió entusiasmado–. ¡Te espero!

Seba cortó la llamada sin responder. Pensó en botar el celular, pero en el último momento se arrepintió. Caminó hasta detrás de la estación de gasolina. Se aseguró de que nadie lo veía y de que no había cámaras de vigilancia. Al asegurase de todo, se quitó la camisa y la amaró a su vaquero. Luego, de un doloroso tirón, salieron sus bellas, brillantes y metálicas alas. Seba dio un brinco y despegó a toda velocidad hasta esconderse detrás de las nubes.

Ya en las alturas no era visible para las personas, en los cielos sentía una inmensa paz. El aire rozaba su rostro mientras volaba sobre toda la carretera 152 de Naranjito hasta llegar al desvío.

Desde el aire se veía el complejo. Estaba compuesto de dos canchas, una a cada lado. Una de ellas era abierta y la otra estaba completamente cerrada. En medio de ambas canchas, estaba la pista para atletas, cancha de tenis, gazebo y una especie de puente colgante que daba hasta el elevador que conecta con el estacionamiento municipal. Seba había estado allí, hace unos días, con Leo. Desde el puente, se apreciaba una bella vista de todo el casco urbano. Cerca de allí estaba Bruce, sudado, tomándose una bebida energizante mientras observaba el casco.

Seba comenzó a descender hacia detrás de la cancha cerrada para que nadie lo viera. Al tocar el suelo, sus alas se escondieron en sus omoplatos como por arte de magia. Se puso su camisa y salió caminando hacia el segundo encuentro con su Informante.

— Bruce – saludó Seba.

Bruce se dio media vuelta. Se sorprendió al notar que el ángel había descubierto su nombre, pero no dijo nada, supuso que Ana le había dicho. Al mirar al ángel se percató de que tenía su cara al descubierto.

— Eres más joven de lo que imaginaba – pensó en voz alta al apreciar su rostro.

— ¿Qué?

— Perdón, tu cara.

— No tenía tiempo para el misterio – se defendió–. Ya veo que tu historia es cierta.

En el rostro de Bruce nació una sonrisa, su relación con el ángel comenzaba a fluir.

— Bien. Solo falta tu verdadero nombre, pero vamos fluyendo – dijo el Informante mientras se recostaba en las barandas del puente–. Cuéntame. ¿Qué viste?

Seba también se recostó de la baranda, pero en el lado contrario a Bruce, quedando frente a él.

— Bueno, debo comenzar diciendo que conocí a Ana Stone. La joven me contó todo lo que vio esa noche, hace nueve años. Me relató como vio entrar a una pareja al río y luego salió solamente un hombre alto que llevaba puesto un sombrero.

— Ella nunca ha cambiado su versión – apuntó–. ¿Cómo lograste que te dijera su historia?

— Tengo mis trucos – dijo sonriendo–. Luego de hablar con Ana por un rato, decidí bajar al río a buscar más información.

— También tienes el don de la mentira – Bruce sonrió más–. ¿Qué encontraste en el río?

Seba suspiró y organizó los sucesos para contarlo de manera cronológica.

— Al acércame al río todo parecía normal, de hecho, es muy lindo – aclaró–. De repente algo crujió bajo mi *converse* y al levantarla, vi un pequeño hueso hecho pedazos por mi peso. El hueso era muy parecido al que me mostraste la última noche.

— ¿De un infante?

— Sí, estaba muy frágil. Como si llevara mucho tiempo ahí.

— Al menos no es de la hija del Dr. Rivera.

— ¡Al menos! Luego de eso comencé a escuchar un ruido que venía de la maleza. Se escuchaba como un objeto que iba a alta velocidad.

— Tenía razón. La muy perra se mueve muy rápido.

— Exacto, solo se veía una silueta con un punto rojo en su cabeza. Pero su velocidad no es ilimitada, ya que se detenía detrás de los troncos a descansar.

— O a vigilarte – analizó Bruce.

— También – aceptó Seba–. Llegó al punto que me miraba en círculos y tuve que hablarle. Ella intentó fingir ser una chica perdida. Por cierto, su parte humana es muy bonita, pero no caí. Automáticamente se desfiguró y me atacó. El primer

golpe fue devastador, no lo esperaba. Cuando volvió a atacar me logré defender con mis alas.
— ¿Estás herido? – preguntó preocupado.
— No, solo fue un golpe – contestó Seba tocándose el pecho.
— ¿Lograste saber algo de ella, sus motivos o algo de la niña? – se impacientó Bruce, mientras caminaba por el puente para asimilar la idea de que todo era realidad.
— No, no supe sus motivos o algo de la niña – aceptó un poco frustrado–. Pero ella dijo algo sobre el 31 de octubre. Dijo que sería divertido y mencionó un nombre, bueno mejor dicho un apodo. Pero no hace sentido.
— ¿Qué apodo? Quizás puedo encontrar algo en mi base de datos.
El Informante se entusiasmó por la noticia y buscó su *tablet* que estaba en un bulto en la baranda del puente, el ángel no lo había visto.
— *Puppetea…* o *Puppeteer*, no sé cómo se dice – recordó Seba.
— *Puppeteer* es un Titiritero – analizó Bruce–. O sea, el hombre que controla los *puppets* o títeres.
— Supongo. ¿Te hace sentido?
— Realmente, un poco – Bruce comenzó a tocar su *tablet* y comenzaron a abrirse ventanas–. Según la versión de Ana, el hombre que salió del río llevaba un muñeco en sus manos, quizás era un títere.
— Tú crees que sea posible – Seba comenzó a analizar.
— Veamos… si entramos a la base de datos de la policía, ahí podemos encontrar algo.
— ¿Policía? ¿No es ilegal? – explotó Sebastián.
— Cuando el villano es un hombre que crea brujas lo legal o ilegal es indiferente – contestó con una sonrisa.

Pasaron varios minutos mientras Bruce rebuscaba en la base de datos. Seba por su lado analizó todo lo sucedido. Si Bruce tenía razón, el hombre del sombrero no había matado a la mujer, sino que le había dado los poderes. Hasta Seba, que es un ángel mitad humano le parecía irracional, pero luego de todo lo que ha visto, sabía que no hay nada imposible en este mundo.

Mientras Bruce buscaba, Seba decidió mirar su celular en busca de alguna noticia de Emma. Ya era martes al medio día y no sabía nada de su amiga. Los pensamientos de Sebastián se hicieron realidad al ver un mensaje de texto que esperaba por ser leído.

"Hola, Seba. Perdón por escribirte hoy, el vuelo se atrasó y llegué el domingo en la noche a Madrid. Cuando llegué al hospedaje quedé muerta en la cama hasta ayer en la tarde, fue un viaje agotador. Te llamaré cuando logre acomodar todo. Te quiero. Emma".

Sebastián leyó el mensaje con mucha alegría. Por un segundo olvidó todo lo que había pasado el día anterior. Seba se dio media vuelta, dando la espalda a Bruce y contestó el mensaje.

"Hola. Me alegra saber que llegaste bien. Cuando tengas todo listo, me avisas. Quiero saber cómo es todo por allá, Madrid debe ser hermoso. Sabes que te quiero mucho más. Seba".

— ¡Lo tengo! – gritó Bruce interrumpiendo los pensamientos sobre Emma–. O algo, al menos.

— ¿Qué encontraste? – Seba se acercó a Bruce, guardando su celular y miró la *tablet*. Se apreciaba un tipo de *record,* tenía diferentes espacios para el nombre, información y un espacio para una foto del acusado.

— Estoy en la base de datos de la policía. Escribí el apodo "Titiritero" y aunque no hay nombre propio, ni foto, tengo un poco de información.

— ¡Dime todo lo que tengas! – ajoró Seba.

— Aquí dice que hace muchos años la policía buscaba a un hombre que se hacía llamar "Titiritero" o "*Puppeteer*". Al Puppeteer se le acusa de secuestro y es el sospechoso principal del asesinato de muchas personas. Era un hombre que hacía su *show* en la plaza del casco urbano y todos lo conocían. El día que la policía lo fue a arrestar a su casa, no lo encontraron, su casa estaba vacía. Solo tenía *puppets,* o títeres, por todos lados, pero de él no se supo nada más.

— Ok, quiere decir que la última persona que vio al Puppeteer fue Ana.

— Exacto, hace nueve años, pero aquí hay algo que nos puede ayudar.

— ¡Suéltalo! – contestó tajante Seba.

— Aquí está la dirección de la casa del Puppeteer.

Seba miró a Bruce con mucha curiosidad y ansiedad. Luego de analizarlo logró decir.

— ¿Me voy en tu auto o salgo volando?

El Informante iba conduciendo su auto mientras el ángel iba como copiloto. Cada cierto tiempo el GPS anunciaba hacia dónde debían girar y estimaba el tiempo restante para llegar a su destino. Mientras iban de camino, el silencio reinaba la mayor parte del tiempo.

Bruce llevaba un gran debate mental. Tenía a un ángel a su lado y necesitaba saber más sobre él.

— ¿Y cómo es ser un ángel? – preguntó sin pensar.

— ¿Qué? – respondió distraído Seba.

— Perdón, es que he estado toda mi vida buscando ángeles y tú eres el primero que veo.

Seba pensó en ignorarlo, pero al ver su cara de ilusión decidió contar parte de su vida.

— Bueno... ya que sabes quién soy, no te hará mal saber un poco más – Seba suspiró y comenzó–. Realmente no soy un ángel completo – el rostro de Bruce mostró todas las interrogantes que tenía–. Soy medio ángel y medio humano. Cuando era niño me adoptaron, no sé porque, me entrenaron y me implantaron las alas.

— ¿Por esa razón tus plumas son de hierro?

— Sí, pero existen otros ángeles con alas de diferentes materiales y elementos – aclaró.

La voz femenina que salió de GPS, en la *tablet* del Informante, anunciaba que su destino estaba cerca. Sin embargo, ya Seba y Bruce llevaban varios minutos guiando por una carretera olvidada de Naranjito. Había dejado la civilización atrás y ahora, solo los rodeaban árboles y mucha vegetación.

— ¿Existen más ángeles entre nosotros? – la curiosidad dominaba a Bruce.

— Existen una multitud de ángeles, pero entre nosotros es bien raro – respondió–. Para eso estoy yo, cuando otros ángeles bajan significa que algo grande está pasando.

— ¿Pero tienes contacto con ellos? – preguntó.

— Sí, tengo unos padres... adoptivos, si se puede decir así – contó Seba evitando dar nombres–. Digamos que son como mis "*Yodas*".

El GPS volvió a hablar y Bruce tomó por una calle completamente abandonada. La carretera era en tierra y la luz del sol era interrumpida por las ramas de los flamboyanes que estaban a los laterales del camino.

Para Sebastián era raro estar en un auto con un desconocido y más raro era hablar de su vida secreta.

Aunque temía que Bruce revelara su identidad, se sentía cómodo hablando sobre sus secretos. Sentía un gran alivio, como si soltara un gran peso de su espalda, ya que nunca había hablado del tema con alguien más.

— ¿Padres, son pareja? ¿Los ángeles se casan? – se extrañó–. Son inmortales, tendrán una sobrepoblación de ángeles – analizó.

— Sí, se casan, pero solo algunos se reproducen por órdenes del Jefe – Seba rio por la reacción he imaginó el cielo sobrepoblado, sin espacio para caminar o volar–. Los ángeles sentimos amor y todos los sentimientos, igual que ustedes, pero no todos somos inmortales.

— Disculpa si te ofendí – dijo rápidamente Bruce–. ¡La curiosidad es muy fuerte!

— Te entiendo. Me sucedió lo mismo cuando descubrí todo – relajó Sebastián.

— Una última pregunta.

— ¡Última pregunta! – marcó Seba.

— ¿Cuándo te enteraste de la verdad? – preguntó, mientras esquivaba un gran hoyo.

— A los 17 años – pensó antes de decirlo–. La pareja me visitó, juntos me entrenaron y luego de 2 años me llevaron a lo que ustedes conocen como "Cielo".

— ¡Fuiste al Cielo! ¿Cómo es? ¿Qué hay?...

— ¡Ya utilizaste tu última pregunta! – Seba cortó la conversación porque ya no podía decir más, aunque sospechaba que había hablado de más–. ¿Falta mucho para llegar?

Bruce se dio cuenta de que ya no iba a conseguir más información.

— Según el GPS, falta 1 minuto.

— Ahora te pregunto yo a ti, Bruce – Seba necesitaba saber un poco más sobre el Informante–. Has dicho que llevas toda tu vida buscando ángeles, sabías lo de la Bruja y todo sobre el lado maligno de mundo. ¿Cómo tu familia lo ha tomado?

— Bueno… – Bruce respiró, Seba notó que el tema de la "familia" era complicado–. Cuando cumplí los 25 años me tuve que ir de mi casa y no sé de mi familia desde entonces.

— ¿Te mudaste al lado de Ana o te fuiste de ahí?

— Me mudé para el barrio Achiote – Bruce dejó salir un gran respiro–. Mi familia nunca me quiso, ellos me juzgaban por mis preferencias sexuales… Decidí irme de casa y luego de eso fue que comencé mi búsqueda. Porque en ese barrio fue donde pasó lo de la mujer de cabello rojo, la historia de la pequeña Ana y así sucesivamente seguí encontrando información del "lado malvado" como le dices. En ese momento mi vida tomó sentido.

El rostro de Bruce abandonó su tono serio y tranquilo. Se convirtió en uno completamente herido y solo. Seba no quería saber más.

— Ha llegado a su destino – anunció el GPS.

— ¡Llegamos! – dijo Bruce cortando el tema.

Seba miró a su alrededor, no era lo que esperaba encontrar. No había nada. El lugar era un llano sin más, en un rincón limitado por montañas.

— Pero, ¡no hay nada! – susurró Seba.

— En la base de datos hay una foto de hace 10 años donde se ve una casa. Quizás… destruyeron la casa cuando desapareció el Puppeteer – Bruce mostró la foto al ángel.

— Demos un vistazo, quizás queda algo – Seba se escuchaba decepcionado, pero bajó del auto y Bruce lo imitó.

Caminaron por el llano repleto de vegetación. Seba se acercó a un lugar que parecía haber tenido una construcción en el pasado. De la antigua casa, solo quedaban rastros de lozas y bloques rotos. Bruce buscó por la periferia del llano, pero su búsqueda fue en vano.

— ¿Estás seguro que estamos en el lugar correcto? – gritó Seba desde el piso de la antigua casa.

— Según la policía, sí – contestó desilusionado.

Bruce comenzó a caminar hacia Sebastián buscando alguna solución. Él sabía, que de no encontrar algo del Puppeteer, no sabrían nada de la Bruja y si no sabían de la Bruja no podrían saber el paradero de la niña.

— Estamos como al principio – comentó Bruce al llegar hasta Seba.

Sebastián miró al Informante pensó decir algo, pero se lo reservó. Bruce, claramente molesto por no haber encontrado nada, se dobló y tomó una roca del suelo. Miró el llano donde se supone que estaba el escondite del Puppeteer y lanzó la roca con todas sus fuerzas. La roca cruzó el llano hasta llegar a la montaña que lo delimitaba. La montaña estaba cubierta de bejucos y ramas. Cuando la roca pasó los bejucos, chocó y produjo un sonido metálico. Seba y Bruce se miraron.

Al escuchar el sonido, el Informante corrió rápidamente hacia la montaña. Al llegar a ella, comenzó a remover los bejucos. En el fondo había un objeto brillante y lleno de tierra. Bruce limpió la pared de metal. Al analizarla se percató que en el medio tenía un tipo de cerradura, era una puerta.

— Es tan obvio ahora – exclamó Bruce, mientras tocaba la puerta–. No encontraron nada en la casa, porque no tenía nada ahí.

— Nunca desapareció, siempre estuvo escondido – comentó Seba.

Bruce tocó la cerradura he intentó abrirla. La puerta no tuvo ni la más mínima intención de abrirse, estaba cerrada por dentro.

— ¿Ahora, cómo abrimos? – preguntó Bruce.

— Veamos si un hombre con alas de hierro puede hacer algo.

Seba se acercó a la puerta metálica y la analizó. En medio de la puerta y el marco había un pequeño espacio. El ángel calculó que era del tamaño de un bolígrafo, seguramente para evitar la fricción del metal. El ala de Sebastián podía pasar por ahí.

— Hay un pequeño hueco por el marco. Lo más probable es que el pestillo sea fino, creo que mis plumas lo pueden romper.

Bruce volvió a tener esperanza al escuchar al ángel. Primero sabrían los secretos del Puppeteer y segundo vería las alas del ángel. Aunque ya las había visto en fotos, nada se comparaba con el momento.

Seba se quitó la camisa, para no dañarla, sus escapulas se comenzaron a mover hacia fuera. La piel del ángel se comenzó a separar. Luego comenzaron a salir pequeñas gotas de sangre y de un tirón salieron las alas. El sol se reflejó automáticamente en el hierro.

Bruce al ver las dos enormes alas metálicas no pudo evitar apreciar al ángel. Pero no como hombre, lo vio como un ser superior. El ángel estaba parado de lado, sin camisa, sus músculos bien marcados, el sol reflejándose en el metal de las alas y de sus facciones marcadas. La imagen parecía de un libro de mitología. Lo único que le faltaba era una espada en su mano.

Seba introdujo una de sus alas en el pequeño hueco. Con el ala tocó el pestillo para saber su tamaño, y como esperaban, era fino. Luego de situar todo, extendió su ala lo más alto que le permitió el marco de la puerta, dio un brinco para tomar fuerzas y cayó de golpe.

Hubo un fuerte pitido, como cuando una sierra pica el metal. El ángel cayó de rodillas al suelo y su ala bajó con él. Al sacar su ala, la misma estaba intacta. Había picado el pestillo. Seba se puso en pie, contrajo sus alas hacia su espalda y se paró frente a la puerta.

— ¿Entramos? – dijo empujando la pesada puerta, mientras ella se deslizaba hacia dentro con un gran estruendo.

Al abrir la puerta, los rayos del sol iluminaron las escaleras que descendían hacia la oscuridad. Un golpe de aire frío y lleno de humedad azotó a Seba y a Bruce.

— ¡Bajemos! – dijo el ángel.

Seba dio el primer paso hacia las escaleras, seguido de Bruce. El Informante observaba la fuerte espalda de su compañero, analizaba como sus metálicas alas salían de sus omoplatos. En los músculos del ángel se apreciaba que estaba tenso. Estaba preparado para cualquier adversidad.

La oscuridad los cubrió en su totalidad mientras seguían descendiendo. Al fondo se encontraron con otra pared metálica y ésta también contenía una puerta. Seba palpó la puerta hasta encontrar la cerradura. De solo tocarla, esta cedió. Estaba abierta. Con un pequeño empujón, se deslizó sin ningún sonido. Cuando el paso quedó despejado, las luces se encendieron automáticamente dejando a la vista un gran cuarto lleno de cajas, papeles y títeres.

— Lo encontramos mi querido saltamontes – dijo Seba con una gran sonrisa.

— Veamos qué tiene que ver el Puppeteer con la asquerosa Bruja.

Seba y Bruce dejaron de hablar y entraron en la habitación. Cada uno se dirigió a partes opuestas de la misma. El cuarto solo tenía unos cincuenta pies cuadrados y no pasaba de los quince pies de altura.

Sebastián comenzó a observar todo. Había títeres y partes de ellos por todos lados. La madera, hilos y tela estorbaban el paso del ángel. Seba miró las metálicas paredes, en ellas había letras impares que formaban palabras.

"Puppet, Títeres, Marionetas, Control, Venganza, Poder..." Sebastián leyó para sí mismo.

Mientras tanto, Bruce buscaba en las cajas que estaban por la habitación. Las abría y veía qué había dentro de cada una de ellas. En las cajas solo había hilos y trozos de maderas.

— Bruce, ¡cuidado con lo que tocas! – advirtió Seba mirándolo–. Aún no sabemos a qué nos enfrentamos.

Bruce no contestó, pero siguió el consejo del ángel y dejó de rebuscar en las cajas. El Informante miró al ángel y se percató de la piedra azul que colgaba en su pecho desnudo.

— Matt.... – dijo, pero recordó que ya había gastado sus preguntas. La curiosidad fue más fuerte que su voluntad y preguntó–. ¿Por qué llevas el cuarzo?

Seba tardó en percatase que Bruce le hacía una pregunta. El ángel se dio cuenta de que ya pronto tenía que confesarle su verdadero nombre, tardaba en darse cuenta de que le estaba hablando. Al entender la pregunta, automáticamente se llevó la mano al pecho y encerró el cuarzo en su puño. Normalmente lo escondía bajo su camisa, pero por todo lo sucedido olvidó que lo llevaba al aire.

— Es un símbolo – se limitó a contestar.

— Cuando me encontré con la pequeña Amy, noté que también tenía uno, muy parecido al que tienes – recordó Bruce.

Seba pensó antes de responder, pero ya no había nada que perder.

— Es un recordatorio para las personas que ayudo. Les recuerda que hay alguien más ahí afuera, protegiéndolos – contestó sin mirar a Bruce, quien tampoco lo miraba ya que analizaba una caja fuerte que había encontrado detrás de un cuadro–. Esa misma explicación sirve como advertencia para las personas que les gusta hacer daño a los demás – explicó y luego hubo silencio.

— ¿Crees que lo que buscamos está aquí? – preguntó Bruce rompiendo el silencio y tocando la caja fuerte.

Bruce seguía analizando la caja. No tenía números, cerraduras, ni líneas que marcaran una puerta. La caja era un cubo metálico sin más.

Seba, por su parte, se acercó a un escritorio lleno de papeles. Una de las gavetas estaba un poco abierta y tenía una mancha roja a su alrededor que parecía sangre. Sin pensarlo, Sebastián abrió la gaveta. Era honda y espaciosa. Al fondo había un cartapacio con un nombre: "Wanda".

El ángel tomó el cartapacio y comenzó a ojearlo.

— Quizás hay algo importante, pero no la parte que estamos buscando – contestó Seba a Bruce, mientras le mostraba una foto que había encontrado en el interior del cartapacio entre otros papeles.

Bruce se dio media vuelta y buscó la razón por la cual el ángel le había contestado de ese modo. Miró la foto que su compañero tenía en las manos. Era una mujer joven, se notaba desmejorada, cansada, aunque en sus buenos momentos debió ser una mujer hermosa. Llevaba su cabellera roja recogida. Era la mujer que había aparecido en el río, la que se trasformó en bruja.

— Su nombre es Wanda – contestó Seba–. Aquí hay varios documentos sobre ella, entre ellos un contrato. No lo puedo entender porque está desmejorado, sucio y algunas letras se han borrado – Seba le dio la foto a Bruce y buscó el contrato para leer lo que podía entender–. Por lo que entiendo,

Wanda está solicitando unos servicios a alguien que no se identifica, supongo que el Puppeteer. Dice algo de liberarla del dolor a cambio de servicios especiales...

— ¿Qué tipos de servicios? – interrumpió Bruce.

— No especifica – contestó–. Pero hay una cláusula de parte de Wanda a la persona.

— ¿Qué solicita ella?

— Libertad – dijo Seba frunciendo el ceño, ya que era lo último que pensaba encontrar en la cláusula–. En un día específico, durante la festividad de...

— *Halloween* – terminó el Informante.

Seba asintió y entregó el contrato a Bruce para que él mismo lo viera.

— ¿Pero, ¿qué quiere hacer? – pensó Bruce–. ¡Matt! Ella mencionó algo cuando se enfrentaron. Algo sobre el 31 de octubre, te dijo que será divertido.

— Es cierto – recordó Seba y miró el cartapacio vacío. Algo había llamado su atención.

En el cartapacio, justamente en la parte donde lo ocultaba el contrato, había varias letras escritas. Estas letras fueron escritas con un rojo sangre y formaban tres nombres.

— No sé qué quiere o cuáles son sus motivos, pero creo que hay tres personas que deben saber algo sobre este tema.

Seba volteó el cartapacio y Bruce dejó de leer el contrato. El Informante se centró en las palabras que estaban escritas en sangre.

"Dr. Rivera... Alcalde... Sacerdote"

— Ya es de noche, faltan menos de 36 horas para *Halloween* – logró decir Bruce, luego de suspirar–. Y sabemos quién es la próxima víctima. Yo busco al doctor, tú busca al Alcalde. Si te encuentras a la Bruja, tienes más posibilidades que yo.

— Movámonos rápido, sabemos de lo que es capaz. Intenta hablar con el doctor. Sácale toda la información que puedas sobre Wanda. Mañana nos encontramos al medio día donde todo comenzó... donde Lucifer mira las estrellas.

CAPÍTULO 6

A pesar de ser martes, la Iglesia Católica estaba llena de feligreses. El Padre bajaba del altar, un altar hermoso, hecho de mármol con un mantel blanco que lo cubría. A su lado estaba el podio, donde descansaba la Santa Biblia abierta en la lectura del día. En la pared de fondo colgaba una figura de Jesucristo Crucificado. La Iglesia Católica de Naranjito es muy bella. Los bancos para los visitantes están situados en forma de "U" hacia el altar. El piso brillaba por las losas cremas y blancas. El techo, hecho en madera oscura, formaba una especie de corona o una estrella destellando luz. Sobre los feligreses había lámparas colgantes, las cuales eran de vidrio y en forma octagonal.

El Padre comenzó a bajar las escaleras para estar más cerca de sus fieles. Se sentía más familiar estando frente a frente. Quizás ese sentimiento lo tenía porque era joven, enérgico y no apoyaba las clásicas prácticas de los ancianos sacerdotes de simplemente dar la misa desde el altar y no tener contacto directo.

Antes de comenzar su sermón, miró todas las caras que lo observaban. Se fijó en varios rostros, comenzando por sus fieles ancianas, el Honorable Alcalde del pueblo y su hijo Max, quienes luego de su trágica pérdida no faltaban a misa. Había alguien más que siempre llamaba la atención del Padre. Era una joven, muy bonita de cabello gris, siempre vestía ropa oscura ceñida a su cuerpo y de su cuello colgaba una piedra negra. La joven era irregular en cuanto a la asistencia, ya que iba por varios meses y del mismo modo estaba meses ausente. El Padre sentía que esa chica necesitaba su ayuda, pero siempre que la buscaba luego de cada misa, no la encontraba. La chica de cabello gris desaparecía, ni siquiera sabía su nombre.

El Padre sonrió, respiró hondo y comenzó.

— Buenas noches hermanos – dijo con una sonrisa relajada–. Antes de comenzar, quiero que dediquemos un minuto de oración por la situación de nuestro amigo y hermano el Dr. Rivera. Está pasando por una situación difícil, pero con Dios por delante, todo saldrá bien.

Todos inclinaron sus cabezas y oraron en silencio.

— Ahora podemos comenzar – el joven cura se acercó más al público y caminó en medio de las dos masas de bancos–. Hoy tocaremos un tema muy controversial, mundano y pagano – se detuvo en espera de respuestas, pero no hubo–. *"Halloween"* o "La Noche de las Brujas".

La audiencia comentó entre sí el tema a discutir. Nadie dijo nada en voz alta. La joven de cabello gris no cambió la mirada ni habló con nadie.

— El poder de esa noche, se la atribuye completamente el hombre. Si nosotros no apoyamos esta festividad politeísta, la misma desaparecerá. Por eso estamos esta noche reunidos.

El Padre se acercó a un chico que estaba en el banco frente al Alcalde. Al sacerdote le gustaba que su público interactuara y dieran su opinión. No le gustaban los temas dados desde una sola voz crítica.

— Hola hijo – saludó al chico–, según lo que has aprendido en la escuela, en casa o en el pueblo, desde tu perspectiva. ¿Qué se celebra en la noche de *Halloween*?

— Noche de los muertos – contestó asustado el niño, temiendo la reacción del Padre–, noche para disfrazarse – arregló para no sonar tan fuerte.

— Gracias hijo – dijo el Padre y preguntó elevando el tono de voz para que todos escucharan. Aunque gritaba, su voz seguía siendo tranquila y melodiosa–. ¿Alguna otra opinión? Nadie contestó. El Padre miró a la chica del cuarzo negro, estuvo varios segundos mirándola, intentando estimularla para que hablara. Como era costumbre, no habló y él continuó su liturgia.

— Como mencionó el niño, tiene que ver con los muertos – apuntó para no hacer sentir mal al niño y le dedicó una sonrisa–. Pero el día de los muertos no es el 31 de octubre, sino, el 1 de noviembre. El primero de noviembre se celebra el día de todos los santos – aclaró–. El hombre ha cambiado este significado, ha cambiado a los santos, por los muertos. En conclusión, el 31 de octubre es un día normal en nuestro calendario católico, pero el hombre falto de fe ha creado esa festividad para competir con nuestro día de los santos...

Luego estuvo por más de quince minutos buscando diferentes opiniones en su público, el debate murió. Cuando no hubo más ideas, resumió todo.

— Luego de discutir diferentes puntos, vemos que tenemos una idea bastante general y parecida – dijo y concluyó–. Podemos resumir que, el 31 de octubre es la víspera del día de los santos y a los niños les gusta disfrazarse y buscar dulces... Eso no tiene nada de malo. ¿Por qué no hacemos lo siguiente? Vistámonos todos de santos y de este modo podemos respetar las normas de nuestro Dios y los niños se divierten. ¡Reflexionen sobre eso! Nos veremos en la próxima misa. ¡Qué la paz sea con ustedes y con su espíritu! ¡Qué todos lleguen en paz a sus respectivos destinos!

El Padre vio como todos se persignaron y se pusieron en pie. Entre la multitud, pudo ver a su amigo, el Alcalde, quien se despedía agitando la mano. El Alcalde salió de la iglesia y el Padre miró a su alrededor para ver si alguien estaba en busca de algún consejo. Al fondo, en la puerta trasera, quedaba una joven, la del cabello gris.

El joven sacerdote comenzó a caminar hacia ella, al percatarse, la misteriosa joven se dio media vuelta y salió de la iglesia. Al ver que la chica había vuelto a huir, el Padre llevó sus manos al crucifijo que colgaba de su cuello y rezó en silenció deseándole fuerzas a la hermosa joven.

Al volverse, ya no quedaba nadie. Caminó hasta quedar a los pies del altar y se arrodilló frente a él. Agradeció a Dios por todo y se persignó para terminar un día más.

La noche estaba completamente despejada. No se apreciaban nubes, la luna brillaba con toda su energía iluminando el inmenso cielo. La calle principal de Naranjito estaba libre de tráfico, como era normal a las 9:00 de la noche, un día en semana. El Alcalde acababa de salir de su cita con Dios, ya que se había convocado una misa para discutir sobre el tema de *Halloween*. El Alcalde había tenido un día difícil discutiendo el estado financiero del pueblo, pero al fin, ya su día había acabado. Para terminar, deseaba tener una charla agradable con su hijo Max. Ellos casi no hablaban durante el día y este era el momento perfecto.

— ¿Tú crees en todo lo que dice el Padre? – preguntó Max

— ¿Sobre *Halloween*?

— Sí, sobre ser pagano... por disfrazarse – Max se sentía incómodo por como el Padre se expresó. Él se vestía cada 31 de octubre, pero no se consideraba ateo o pagano.

— Tranquilo hijo es la opinión de la religión – relajó el Alcalde, poniendo una mano sobre su hijo, mientras seguía conduciendo por la carretera 152 hacia Barranquitas–. Como decía mamá, no importa cómo te veas o lo que tengas puesto, lo importante es como actúes. Te puedes vestir del monstruo más feo que encuentres, pero si tus actos son buenos, el disfraz de la Noche de Brujas será solo eso, un disfraz.

La relación entre Alcalde y su hijo se había hecho más íntima desde que su esposa había muerto. La madre de Max había fallecido en un accidente, hacía más de 2 años. Fue un momento muy fuerte para el pueblo de Naranjito, el Alcalde estuvo ausente casi 10 meses por una fuerte depresión. Naranjito volvió a tener a su líder cuando Max intentó suicidarse, ya que se sentía solo en el mundo.

El Alcalde sabía que siempre debía apoyar a su hijo. No podía permitirse tener otra pérdida.

— Papi, ¿y a ti cómo te fue? – preguntó.

— Como siempre, muchos papeles para firmar – al Alcalde no le gustaba aburrir a su hijo con cosas de políticas, lo último que deseaba era que su hijo siguiera los pasos de ese sacrificado empleo. Prefería escuchar las historias que traía Max.

Hubo silencio en el auto. Max miró a su padre, suspiró y comentó.

— Me siento orgulloso – dijo en un susurro.

— ¿Qué? – el Alcalde había entendido, pero quería estar seguro. Aún así, no pudo evitar sonreírse.

— Me siento orgulloso – repitió más claro y seguro–. Me enorgullece todo lo que haces. Me enorgullece cuando las personas te saludan y te dan las gracias o simplemente te sonríen agradecidos, como el Sacerdote. Gracias a ti todo está en orden. No importa lo que suceda, tú siempre mantienes el orden. Incluso... – suspiró y miró el cielo– luego de mamá.

El Alcalde sintió un fuerte pinchazo en su corazón. Quiso dejar que las lágrimas salieran, pero sabía que Max no lo dijo con esa intención. Aunque el Alcalde se presentaba como una persona segura, que aparentaba haber superado la pérdida de su esposa, la realidad era otra.

Tenía que retomar el control de la situación. Su hijo lo necesitaba.

— Mi querido Max... todo el control y orden que presento es gracias a ti – pasó su mano por el hombro de su hijo, subió hasta su cabeza para despeinarlo y le preguntó–. ¿Está todo bajo control?

— Es *Halloween,* la festividad favorita de mamá. Ella me decía que en esa noche podía ser el superhéroe que yo quisiera, podía crear una historia completamente nueva – sus ojos se inundaron–. Y ahora que no está, quiero crear una nueva historia. Quiero cambiar todo. Pero... – Max dio un respiro prolongado y dejó escapar todo el aire de golpe– al escuchar al Padre siento que algo tan especial para nosotros, no está bien.

El Alcalde quería derrumbarse, caer al mismo agujero en el cual estuvo por diez meses, pero no podía. Max dependía de él. El Alcalde entendía lo que decía su hijo, él también buscaba la manera para conectarse con su amada.

— Sé que ha sido... y seguirá siendo muy difícil – se detuvo para aguantar sus lágrimas–, pero esa es nuestra base, aunque no está su cuerpo, ella siempre está aquí y aunque no me creas, todas las decisiones que tomo son pensando en ella. Pienso en qué ella haría, uno mi corazón y mi alma con...

— ¡Papá, cuidado! – gritó Max.

El Alcalde hundió el freno hasta el límite, hubo un gran estruendo hasta que el auto se detuvo golpeando algo. Ambos enfocaron su vista. Había algo tirado en el camino. El Alcalde estaba aterrado, pensaba que era un cuerpo. Pensó en todo lo que pasaría si hubiese golpeado a alguien, los pensamientos volvieron a la escena cuando una fuerte lluvia cayó de repente. Max y su padre se bajaron del auto y corrieron a la parte delantera, mientras eran empapados por la lluvia. Al ver lo que había golpeado, se tranquilizaron.

— Solo es un tronco. ¡Qué alivio! Ayúdame a sacarlo para evitar cualquier accidente.

Sacaron el tronco, dejándolo a un lado de la carretera y volvieron al auto. Ya en el interior, ambos se abrocharon el cinturón. Max miró hacia los lados de la carretera, había muchos árboles y vegetación. De repente, comenzaron a escuchar un chasquido parecido a la madera cuando rompe y los árboles se comenzaron a mover. Max buscó el motivo.

De la nada un objeto golpeó el motor del auto. El golpe fue tan fuerte que el auto se levantó sobre las dos gomas traseras. Max y su padre se golpearon con el cristal frontal, el cual explotó. El auto cayó de golpe, las ventanas también explotaron.

Max abrió sus ojos, todo era rojo sangre. Enfocó la vista hacia el cristal roto y logró identificar el objeto que había aterrizado sobre el auto. Del motor salía una rama gigantesca. Estaba clavada en el auto. Detrás de la rama estaba posada una mujer de cabello rojo. El rostro de la mujer expresaba ira. Su piel era blanca, agrietada y sus ojos completamente negros.

El pánico invadió su cuerpo, buscó refugio en su padre, pero este estaba inconsciente.

— ¡Papá! ¡Despierta! – gritó.

La mujer comenzó a caminar hacia la puerta del pasajero, donde estaba Max. El Alcalde comenzó a volver en sí, al escuchar los gritos de su hijo. Cuando despertó, vio cómo su hijo luchaba para quitarse el cinturón de seguridad. Al mirar hacia la ventana del pasajero vio a una mujer muy seria, aunque su rostro había cambiado, él sabía quién era. Al recordarla, el pánico lo atacó.

El Alcalde intentó tomar a su hijo y alejarlo de la mujer, pero no pudo. Por el golpe de la rama, el volante le inmovilizaba las piernas, impidiéndole llegar a Max.

— ¡Tú estás muerta! – gritó el Alcalde al reconocer a la mujer, mientras forcejaba para poder moverse.

— ¡Gracias a ti, no lo estoy! – contestó la mujer con una sonrisa–. Ahora te toca sufrir – dijo la mujer, mientras terminaba de romper el cristal y tomaba a Max.

De un tirón rompió el cinturón que apresaba al niño. Luego, con un golpe, colocó su mano en el pecho de Max y lo sacó por la ventana.

La mujer inmovilizó al pequeño ejerciéndole presión en su cuello. Con Max inconsciente, la pelirroja dedicó una sonrisa sarcástica al Alcalde. La mujer se despidió tirando un beso al aire mientras movía su mano, entonces dio media vuelta y desapareció entre los árboles.

CAPÍTULO 7

Seba salió volando y dejó a Bruce fuera del escondite del Puppeteer. El ángel sabía dónde vivía el Alcalde, la próxima víctima de la Bruja. Mientras volaba, rumbo a la carretera 152, buscó alguna relación entre el Dr. Rivera, el Alcalde y el Sacerdote. Luego de analizar un rato sus ideas solo lo llevaron a un punto, todos eran católicos y que el Dr. Rivera y el Alcalde tenían hijos de la misma edad. Sebastián sabía que la Bruja iría en busca del hijo del Alcalde. Aún no sabía qué buscaba o qué ganaba la Bruja con estos chicos, pero sí sabía que la iba a detener sin importar lo que sucediera.

Al cruzar el cielo de la carretera principal, se comenzaron a ver destellos rojos y azules. Seba buscó el origen de las luces. Mientras se acercaba, comenzó a escuchar sirenas. En la lejanía vio de dónde provenía el ruido. El ángel identificó varios vehículos de emergencia. Había policías, ambulancias y bomberos. El tráfico estaba bloqueado y esto provocaba una congestión vehicular.

Seba decidió aterrizar para saber qué estaba pasando. Comenzó el descenso y vio el auto que causaba todo. Los cristales estaban rotos y del motor del auto salía una gigantesca rama. Los bomberos, junto a la policía y los paramédicos había roto la puerta del conductor para poder sacarlo del auto destruido. A pocos pasos había una ambulancia con sus puertas traseras abiertas. Sebastián aterrizó, se puso la camisa y se acercó a la ambulancia. El ajoro de los oficiales era tanto que nadie notó la presencia del ángel. Cuando llegó a las puertas, vio al paciente. Era el Alcalde. Tenía vendada una pierna y un brazo, también llevaba venda en la cabeza con gotas de sangre. Aunque se veía herido estaba muy alerta.

— ¿Quién eres? – dijo de mala gana uno de los paramédicos.

— Soy Matt – Seba pensó rápido–. Lo conozco.

— Todos lo conocen – dijo con tono irónico. Seba supo que no fue su mejor mentira.

— Pero señor, Wanda está muerta – dijo un hombre vestido con traje que estaba sentado al lado de la camilla del Alcalde.

— Eso pensaba, pero la muy puta está viva y se llevó a Max – gritaba descontrolado el Alcalde.

El paramédico se dio media vuelta al escuchar el tono del Alcalde. Al verlo fuera de control decidió abandonar a Seba y atender a su paciente.

— Señor relájese – dijo el paramédico. Al llegar donde el Alcalde comenzó a administrar diferentes medicamentos por la vía intravenosa–. No está en condiciones de agitarse.

— Una mujer, que se supone lleva muerta nueve años me atacó y secuestró a mi hijo – decía el Alcalde mirando directamente al paramédico–. Y usted me pide que me relaje. Una maldita muerta se llevó a Max.

Al escuchar el nombre de Wanda, Seba se escondió tras una de las puertas para poder escuchar la conversación. Aunque había llegado tarde, se quedaría ahí para poder escuchar la mayor cantidad de información posible.

— Vamos a aclarar todo, señor – dijo el hombre bien vestido. Mientras sacaba una pequeña libreta de apuntes. Era un detective–. Suponiendo que es Wanda. ¿Qué quiere luego de nueve años?

— ¡Es Wanda! – recalcó el Alcalde–. Aunque su rostro era algo diferente. Es blanco y con grietas, pero aún tiene su cabello rojo... sin duda es ella.

Seba seguía escuchando la conversación, escondido tras la puerta. De vez en cuando miraba a su alrededor para asegurarse de que nadie lo viera. Los policías estaban muy ocupados dirigiendo el tránsito para evitar una congestión mayor. Mientras, los bomberos trabajaban con un derrame de líquidos, debido al impacto.

— Está claro oficial – continuó el Alcalde–, ella busca venganza.

— ¿Venganza? ¿Por qué?

— Porque no le di lo que ella quería...

— Pero hace nueve años usted no era alcalde.

— Pero era candidato – recordó–. Wanda acudió a mí para pedirme que legislara un acuerdo para legalizar la eutanasia.

— Pero usted no tiene esa potestad – dijo el detective, mientras anotaba en su libreta.

— Eso le dije – se excusó–. Le recomendé que buscara ayuda religiosa. Pero ella me dijo que el Padre no quería darle la absolución y su doctor no quería practicarle la eutanasia, porque es ilegal. Ella vino a mí para que, mediante el poder de la ley, obligara al doctor a llevar a cabo el procedimiento.

Seba ya entendía un poco más las motivaciones de la Bruja. El ángel estaba seguro de que el Sacerdote podría ofrecerle más información.

— ¿Y quién era el doctor de ella? – preguntó el detective, Seba temía escuchar la respuesta.

— Rivera. El Dr. Rivera – contestó en un susurro y las lágrimas comenzaron a salir–. Por favor, busque a mi hijo.

— ¿Rivera? – se preguntó el detective–. El que...

— ¡Sí! El que tiene a su hija desaparecida hace varios días.

El rompecabezas se completó. Ya Seba sabía lo que pensaba hacer la Bruja. Ya tenía al hijo del Alcalde y la hija del Dr. Rivera. Solo falta vengarse del Sacerdote.

"Este 31 será divertido", recordó Seba. Wanda atacaría el día de *Halloween*.

El paramédico terminó de estabilizar y administrar todos los medicamentos al Alcalde y se acercó a la puerta, obligando al detective a salir de la ambulancia. Seba se tuvo que mover, si se quedaba ahí, lo verían. El ángel se retiró y comenzó a caminar hacia un lugar seguro para salir volando. El paramédico cerró la ambulancia y el conductor, automáticamente, echó a correr el motor.

Sebastián había llegado al lugar donde aterrizó, era oscuro y solitario, estaba listo para sacar sus alas. La ambulancia se perdió en la noche.

Seba se quitó su camisa y la amarró a su vaquero. Antes de extender sus alas, sacó el celular pre-pagado y marcó el número de Bruce. Sonó varias veces, pero se cortó, debía estar con el Dr. Rivera. El ángel escribió rápidamente un pequeño mensaje explicando todo. Luego, guardó el celular en su bolsillo.

Extendió sus brillantes alas que se mancharon con un poco de sangre, como era costumbre, y salió volando. Decidió descansar un poco, no podría reunirse con el Padre hasta que el sol saliera. Él no vivía en Naranjito y Seba no sabía dónde residía. Por otra parte, ya Wanda había demostrado ser fuerte y sin miedo a nada. Para poder luchar con ella debía contar con todas sus fuerzas.

Ya eran las 11:30 de la noche y al fin Bruce había encontrado a su objetivo. El Dr. Rivera se pasaba las noches de barra en barra intentando ahogar las penas por la pérdida de su querida hija. A Bruce no le parecía la mejor forma de llevar la situación, pero él no podía criticarlo, no sabía cómo reaccionaría ante una situación similar. Antes de acercarse, observó al doctor para saber su estado. Se apreciaba cansado, llevaba una camisa blanca con botones, la cual tenía muchas arrugas, mangas dobladas sin respetar la simetría, cuello doblado en algunos lugares y la mitad de la camisa dentro de su pantalón azul oscuro. Su corbata también representaba su dolor, estaba completamente estirada y caía por la barra de madera. Su rostro se veía cansado y estaba despeinado. Frente a él, una multitud de botellas vacías le servían como paisaje. Bruce comenzó a acercarse, intentando no llamar la atención. Algo que no sería problema, porque en la barra solo estaban el doctor y el bartender, que era un hombre grande, fuerte y calvo. Mientras Bruce caminaba, el doctor seguía bebiendo y el encargado de la barra jugaba en su celular.

— Buenas noches Doc – saludó Bruce al sentarse. El doctor le ofreció una mirada cansada y movió su cabeza en forma de saludo.

— ¿Qué tienen de buenas? – contestó secamente. Su voz reflejaba su borrachera y su alma destrozada.

— Veo que llevas una mala racha. ¡Bartender, sírveme un trago y dale uno al doctor! – Bruce hizo señas al bartender, quien dejó su celular y comenzó a servir las bebidas.

— ¿Qué buscas hombre? – preguntó el doctor mientras tomaba del trago que le entregó el bartender–. No es mi mejor momento y dicen que mezclarlo con alcohol no está bien.

— Por eso estoy aquí.

— ¿Y cómo un completo desconocido puede ayudar en mi situación? ¿Dándome más alcohol para olvidar?

— No exactamente, digamos que este desconocido sabe cosas que nadie sabe.

— ¿Cómo qué? – el Dr. Rivera dejó el trago y miró a Bruce.

— Como la idea de quién tiene a tu hija.

De repente la ira invadió al doctor. Lanzó un puño, que se estrelló contra la mandíbula de Bruce, quien perdió el equilibrio y cayó al suelo. En el suelo escuchó un fuerte golpe del cristal rompiendo. Cuando alzó la vista vio al Dr. Rivera con una botella rota en su mano. Bruce intentó ponerse de pie, pero resbaló cayendo de espalda al suelo. El doctor caminaba hacia Bruce con la botella rota en su mano. Bruce sabía que no acabaría bien. Del otro lado de la barra, el bartender brincó y con un golpe tumbó al Dr. Rivera. Rápidamente le quitó la botella rota.

— Lo siento doctor, entiendo que no la estás pasando bien, pero no puedo permitir esto – el bartender lo tomó por los hombros y lo puso en pie.

Bruce seguía en el suelo. Cuando el doctor se puso en pie, quitó de un tirón la mano del bartender y envió una mirada asesina a Bruce. El Dr. Rivera se dio media vuelta y salió de la barra.

— ¿Qué pasó aquí amigo? – el bartender ofreció la mano a Bruce, el cual la tomó.

— Toqué el tema de una forma muy drástica – dijo, tocándose la mandíbula–. Gracias, pero no puedo permitir que se vaya.

— Te salvé porque estás en mi negocio. ¡Fuera de aquí! yo no quiero problemas – dijo secamente, mientras devolvía todo a su sitio.

— Te entiendo, gracias, pero lo tengo que hacer – Bruce pagó lo que debía y se fue.

El Dr. Rivera estaba fuera de control, se encontraba parado frente a su auto intentando calmarse. Bruce esperó unos minutos hasta que vio que se había calmado y se acercó lentamente.

— Hay personas que no aprenden – dijo molesto el doctor al ver a Bruce y automáticamente se puso a la defensiva.

— ¡Lo siento! – gritó–. No comencé como debía. Lo siento, mi nombre es Bruce y estoy trabajando en un caso con alguien que te puede ayudar – decidió contar la verdad.

— ¿Y cómo me pueden ayudar? – preguntó en modo irónico–. La policía no lo ha podido hacer. ¡Lárgate!

— Déjame explicarle – pidió–. Si luego de explicarle no te convence mi historia, te dejaré en paz y no sabrás más de mí.

— Escupe, tienes treinta segundos para convencerme.

— Llevo tiempo siguiendo a una mujer. La última vez que supe de ella, fue el día que sucedió lo de su hija. Tengo imágenes de ella – mostró una foto en su celular. En ella se apreciaba una vista aérea del casco urbano de Naranjito, había una mujer de cabello rojo en medio de la foto–. ¿Te suena el nombre "Wanda"?

El rostro del doctor se desfiguró al ver la imagen. Abrió la puerta de su auto y se sentó en el asiento del piloto para tomar aire. Bruce, al ver que lo había convencido, decidió acercarse y comenzar hacer las preguntas que necesitaba.

— Wanda… Wanda está muerta.

— Disculpa, pero en el video lo menos que parece es muerta – contestó–. Dígame, existe algún motivo para que Wanda llegue a este punto.

El doctor se ahogó y comenzó a llorar. Se tapó su cara con las manos.

— Wanda… – su voz era atenuada por sus manos– era mi paciente. La última vez que nos vimos no terminó muy bien.

— ¿Y qué sucedió con ella?

— Como doctor, se supone que no revele nada por la privacidad del paciente, la Ley HIPAA – se destapó la cara. En sus ojos se veía el dolor que sentía al recordar a Wanda–. Pero tratándose de una persona muerta y la secuestradora de mi hija... – se detuvo–. Ella tenía cáncer. Cáncer de pulmón en etapa final, con metástasis en la columna vertebral.

— ¿Y por qué no terminó bien? ¿La vio morir?

— No del todo – apuntó–. Yo entiendo que el dolor de Wanda era insoportable. Porque cuando un cáncer hace metástasis en la columna, daña el sistema nervioso central y eso produce un dolor extremo. Duele caminar, sentarte y hasta respirar – se volvió a detener para tomar aire. Está vez se puso en pie y se recostó en la puerta del auto–. Para aquellos tiempos, yo era un doctor que creía que podía salvar al mundo.

— ¿Qué quería Wanda que usted hiciera? – dedujo Bruce. El celular que sujetaba comenzó a vibrar, una llamada estaba entrando. Bruce miró el nombre "Matt". El doctor estaba hablando y Bruce no podía dejar perder el momento. Ignoró la llamada, apagó el celular y lo metió en su bolsillo.

— Yo siempre le pedía tiempo y paciencia a Wanda. Siempre busqué los mejores y los más actualizados métodos para combatir su mal. Pero hay veces que no hay alternativa. Hay veces que no se puede hacer nada – el Dr. Rivera volvió a llorar y miró el cielo–. Ella perdió las esperanzas, dejó caer los guantes y un día me pidió que le practicara la muerte asistida.

— ¿Eutanasia? – se sorprendió Bruce–. ¿Por eso dice que está muerta? ¿Usted la mató?

— ¡Claro que no! – se ajoró a aclarar–. Como médico siempre he pensado que todo mal tiene su solución. Aparte, la eutanasia está prohibida por ley en Puerto Rico desde el 2001, hubiese perdido mi licencia.

— O sea, usted se negó.

— Exacto. Nunca lo aprobé y eso le molestó. Wanda llegó hasta el Alcalde, en ese momento era candidato, para que legislara y consiguiera aprobar la muerte asistida para ella.

Bruce ya entendía porque el Alcalde estaba en esa lista con sangre.

— Obviamente él no pudo hacer nada – continuó el doctor–. El último día que estuvo en mi oficina juró venganza. Yo estaba en ese momento con el Alcalde, pero nunca pensé que su venganza sería con Liza – suspiró, su voz se quebró al mencionar el nombre de su hija–. Lo último que supe fue que buscó al Padre de la Iglesia Católica. Creo que en busca de su bendición o algo así. No sé qué sucedió luego de eso.

— Te confieso que, mi compañero y yo, encontramos una lista que tenía tu nombre, el del Alcalde y el Padre. Se supone que mi compañero está buscando al Alcalde y creo que mañana nos reuniremos con el Sacerdote. Me gustaría que vinieras para que nos des más información sobre Wanda.

— ¿Quién es tu compañero? ¿Algún detective o algo parecido? – preguntó con un poco de ilusión.

— No, digamos que es un hombre con un don muy especial.

— ¿Don especial? – preguntó–. ¿No estarás hablando del ángel que salvó a la niña hace unos días?

— Si te interesa, llega mañana a la iglesia – Bruce sonrió al ver la sonrisa del Dr. Rivera. Dio media vuelta y se dirigió a su auto.

Ya en su auto, Bruce vio como el doctor salió del lugar. Recordó la llamada de Matt. Buscó su celular en su bolsillo, notó que tenía una llamada perdida y un mensaje de texto del ángel.

"Atacó. Tiene al chico, tenemos que movernos. Al medio día nos vemos donde Lucifer", leyó el mensaje de texto.

— ¡Mierda! – gritó dentro de su auto–. Nos queda una oportunidad y dos noches – concluyó para sí mismo.

CAPÍTULO 8

Ese miércoles, 30 de octubre Sebastián se levantó temprano, sorprendido de haber podido dormir algunas horas, a pesar de todas las ideas que bailaban en su mente. Al ángel se le hizo difícil conciliar el sueño, cada vez que cerraba sus ojos pensaba en Wanda y los dos jóvenes secuestrados. Debido al miedo de que estos jóvenes perdieran la vida salió a buscarlos a media noche, pero regresó; no tenía la información necesaria para encontrarlos.

Seba salió de su cuarto. Estaba solo en su casa, como era costumbre. Sus padres estaban en un viaje de negocios y Leo estaba en Arecibo. Fue a la cocina, desayunó algo liviano y luego entró al cuarto de baño. Sebastián se despojó de su ropa de dormir y miró su cuerpo desnudo. Tenía múltiples golpes a causa de su entrenamiento y de algunos casos en los que había trabajado. Las cicatrices más notables estaban en sus omoplatos. La salida y entrada de sus alas le producían una dolorosa herida a la cual se acostumbró. Al terminar de repasar los golpes, tomó su celular y buscó la carpeta de música. Encontró su banda favorita. El celular reaccionó explotando en un gran estruendo creado por la batería, guitarra, flauta, gaita y violines de la banda española "Mägo de Oz".

Seba se introdujo en la ducha caliente y en la danza de los magos. La mayoría de las canciones le recordaban lo podrido que estaba el mundo y lo motivaban a seguir trabajando. Aunque era una banda *heavy metal*, para el ángel los gritos de la gaita y el violín eran un medio de despeje.

Luego de más de veinte minutos, el ángel salió. Tomó los primeros vaqueros que encontró. Se puso sus habituales *converse* negras y se colgó al cuello su cuarzo azul. Antes de salir de la casa tomó una *t-shirt* y la amarró a su cintura. Segundos más tarde, Seba ya estaba volando hacia el casco urbano.

Sebastián voló sobre toda la carretera principal de Naranjito hasta llegar el Pueblo y localizar la iglesia. La plaza estaba vacía, como era de esperarse un miércoles en la mañana. Seba buscó un callejón y descendió. Luego de ocultar sus alas, se puso la camisa y salió hacia la plaza. Al llegar, vio que aún la iglesia estaba cerrada, lo que significaba que el Sacerdote no había llegado. Seba se preocupó, Wanda pudo haber ido por él, pero el ángel prefirió esperar a la hora de apertura, 11:00 A. M., antes de crear una película en su cabeza.

Decidió sentarse en el gazebo que estaba al lado contrario de la plaza, de ahí podía vigilar la llegada del Sacerdote. En su hora de espera, Seba pudo ver a varias personas vagar por el Pueblo. Vio desde jóvenes fugados de la escuela, hasta señoras camino a sus citas médicas. Con la mirada, encontró la cafetería en la que estuvo hace unos días esperando a Bruce, ahí había comenzado todo. Al ver el lugar, llegó el recuerdo de la hermosa mesera que trabajaba ahí, Victoria. Realmente era una mujer bella, rara, pero bella.

Al recordar a la hermosa mujer, pensó en Emma. Y recordó que no la había llamado. Seba sacó su teléfono y la llamó. El teléfono sonó varias veces, pero nadie contestó. Seba pensó que se debía al cambio de horario. Emma le había dicho que eran cinco horas de diferencia. No volvió a llamar, decidió enviar un mensaje escrito.

"Buenos días o tardes mi amor. Te llamaba para escucharte, te extraño. Sí lo sé, solo llevas una semana fuera, pero te extraño mucho. Cuando puedas dame una llamada. Te adoro, Seba".

Al volver a leer el escrito fue imposible no escuchar la voz de Leo. "Ella se muere por ti, solo está esperando que des el primer paso." Sebastián decidió editar el mensaje. Él no podía permitir que Emma entrara en su mundo, menos ahora que hay brujas y hombres con poderes. "Buenos días o tardes chica. Te llamaba para que me contaras como te ha ido. Te adoro, Seba". El mensaje llevaba el mismo propósito, saber de Emma, pero sin ser tan directo. Seba envió el texto. Al sacar sus ojos del teléfono notó que la iglesia estaba abierta. El Sacerdote había llegado y Seba no lo había notado. El ángel comenzó a caminar. Un hombre con muy mal aspecto, ropa estrujada y con cara de no haber dormido durante días, se atravesó y entró a la iglesia primero.

— ¡Padre! – gritó el hombre. Seba corrió hasta la entrada del templo.

— Dr. Rivera – contestó el Padre saliendo de un cuarto mientras se terminaba de acomodar su atuendo–. Aquí estoy para ayudarlo, pero en el templo de Dios no se debe gritar.

Seba observaba al doctor desde la puerta. No estaba seguro si era coincidencia que estuviera buscando al Sacerdote o si ya Bruce había hablado con él. El ángel prefirió escuchar un poco la conversación antes de interrumpir.

— Padre, Wanda ha regresado – dijo desesperado y caminando con pie tembloroso hacia él.

— ¿De qué hablas hermano? – la confusión era notable.

— Wanda, la paciente con cáncer terminal que buscaba la eutanasia.

— Doctor, sé que tu situación es muy terrible y lo lamento, pero para poder ayudar a tu hija, hay que mantener la cordura.

— ¡Padre es Wanda! No estoy loco. Ya me atacó y pronto atacará al Alcalde – el Dr. Rivera se escuchaba desesperado y aún no sabía lo sucedido con el Alcalde.

— Pero… – el Padre comenzó a sentir miedo– tienes alguna prueba.

— Yo no – se detuvo para acercarse más y que nadie escuchara, aunque no había nadie en la iglesia aparte de Seba escondido–, pero hay un hombre que me mostró videos y fotos del momento que secuestraron a mi hija.

— ¿Estás seguro de lo que dices? – el Padre ya no inspiraba tranquilidad.

— Sí, Padre. Se llama Bruce y él trabaja con…

Sebastián debía detenerlo. Si alguien iba a hablar sobre el ángel que estaba por el área, debía ser él mismo.

— Disculpen – Seba salió caminando hacia ellos.

Ambos lo miraban extrañamente.

— ¿Qué quieres niño? – espetó el Dr. Rivera.

— Tranquilo doctor – se interpuso el Padre–. Veamos qué necesita nuestro hermano.

Seba prefirió no mentir. Ya ellos sabían suficiente y no tenía tiempo para montar una nueva historia.

— Escuché su conversación – comenzó Seba–. Y les informó que el Alcalde fue atacado anoche, por quienes ustedes ya saben. Ella secuestró a su hijo.

Al Padre le sorprendió la noticia, él había visto al Alcalde y a Max en misa la noche anterior. El Sacerdote invitó al Dr. Rivera y a Seba a entrar al templo y sentarse en uno de los bancos.

— ¿Tú trabajas con Bruce? – preguntó el doctor.

— Sí.

— O sea, tú eres… el ángel – el doctor disminuyó su tono mientras analizaba todo.

— Llámame…

— ¡Matt! – Seba fue interrumpido por una cuarta persona que entró en la iglesia–. Doctor, me alegra saber que me has escuchado – Bruce llegó hasta los demás y se sentó frente a todos.

— Que bien que llegas. Estoy a punto de informar lo que sabemos – dijo Seba como saludo–. ¿Recibiste mi mensaje?

— Sí hombre, esa maldita Bruja está un paso adelante.

— ¿Bruja? – preguntó el Padre, pero Bruce y Seba siguieron hablando como si no hubiese nadie más.

— Fue una escena fuerte, aunque no la vi. Cuando llegué ya había atacado – contó Seba–. Pero no entiendo por qué Wanda no mató al Alcalde.

— Quizás quiere asesinar a su hijo primero. Pienso que es un dolor mayor.

El doctor iba a decir algo, pero el Padre se adelantó.

— ¿Pero dónde y cuándo? – escupió el Padre sin pensar.

Bruce y Seba compartieron una mirada. Bruce se animó a contestar.

— Bueno, por lo que hemos visto, Wanda piensa atacar mañana.

— *Halloween* – contestó en un susurro el Padre–. ¿Los quiere asesinar aquí, en la casa de Dios? – aventuró.

— Pero vamos a evitarlo – dijo Seba al ver la cara del doctor.

— ¿Dijeron Bruja...? – insistió el Padre.

— Sí. Wanda, luego de su supuesta muerte, regresó con poderes sobre humanos – contó Bruce–. Aún no lo entendemos por completo. Pero un hombre le dio sus poderes para vengarse. ¿Qué busca o qué gana este hombre? Aún es un misterio.

— Del Puppeteer nos encargaremos luego – dijo Seba–. Necesitamos saber qué pasó con Wanda.

TORBELLINO
DE
ALAS   *Madera*

El Sacerdote y el doctor se miraron. Ambos respiraron hondo y cerraron sus ojos. Se notaba que no era un tema fácil de tocar. Antes de que comenzaran a hablar, se comenzó a escuchar un sonido, alguien se acercaba a la puerta principal de la iglesia. Todos observaron en busca del recién llegado. Seba logró identificarlo, era un hombre con un yeso en una pierna y una mano. También su frente estaba vendada y con manchas de sangre. Era el Alcalde.

— Imaginé que estarían aquí – dijo el Alcalde al ver que todos lo miraban.

— El joven aquí presente nos dijo lo que sucedió anoche, lo lamentamos mucho – el Sacerdote acudió para ayudarlo.

— ¿Y quién es este joven para andar diciendo lo que pasa conmigo?

— ¡Tranquilo amigo! – relajó el doctor–. Ellos nos van a ayudar.

— ¿Quiénes son ellos? – el Alcalde mostraba una gran desconfianza.

— Realmente eso no importa ahora – cortó Seba–. Su hijo y la hija del doctor están secuestrados y se nos acaba el tiempo. Eso es lo que importa.

El Sacerdote sentó al Alcalde. Inconscientemente formaron un círculo. Bruce se dio cuenta de que debía actuar para llamar la atención de todos.

— ¿Todos sabemos contra quién estamos tratando verdad?

— Wanda… – susurró el Alcalde.

Al confirmarlo, Bruce pasó al centro del círculo, sacó su celular y lo dio al doctor para que viera la misma foto de la noche anterior y se la mostrara a los demás.

— Ya que todos estamos claros, quiero que vean esa foto. Como pueden apreciar, Wanda está muy diferente y posee una serie de poderes, como mencionamos hace unos minutos.

— Pero, ¿qué tipos de poderes? – preguntó el Padre.

— Alta velocidad, aunque limitada. Pero sí, se mueve muy rápido – respondió Bruce, recordando el video.

— Fuerza – dijo Seba tocándose el pecho donde Wanda lo había golpeado.

— Creo que puede manipular la madera – añadió el Alcalde. Todos lo miraron–. Anoche antes de que atacara escuché unos crujidos como de madera y de repente se estrelló una rama contra mi auto – notó que se escuchaba algo estúpido y añadió–. Y si hablamos de poderes, pues pensé...

— Es posible – dio por cumplido Seba. Al recordar la historia de Ana y los tentáculos que salían de los árboles.

El celular volvió a Bruce, lo tomó y lo guardó en su bolsillo.

— Pero, ¿cómo? – susurró el Alcalde.

— Hasta donde sabemos, cuando ella desapareció, acudió a un hombre llamado Puppeteer y él le dio los poderes. Aún desconocemos cómo lo hizo y por qué.

— Sí, en estos momentos no nos enfocaremos en él. Primero trabajaremos con Wanda y luego buscamos información sobre el Puppeteer – terminó Bruce.

El Alcalde, el Padre y el Dr. Rivera, parecían satisfechos con la respuestas y no volvieron a preguntar sobre el llamado "Puppeteer".

— Anoche pude hablar con el Dr. Rivera. Él me contó sobre el cáncer que Wanda padecía y que pedía la eutanasia, pero se la negó.

— Por mi parte – dijo Seba–, cuando llegué a la escena del accidente del Alcalde pude espiar un poco.

— ¿Tú escuchaste todo lo que le dije al detective? – el Alcalde se puso de pie molesto.

— Relájese, es por el bien de su hijo – Seba no cambió su expresión. El ataque de ira del Alcalde no le produjo nada.

— Tranquilo… – se interpuso Bruce. El Alcalde volvió a sentarse–. ¿Qué escuchaste, Matt?

— La historia sobre el proceso al que se negó el Dr. Rivera – Seba comenzó a recordar–. Lo más importante que mencionó, fue el hecho de que Wanda acudió a usted para que buscara o enmendara la ley para obligar al doctor a practicarle la eutanasia. Anoche estuve buscando y encontré que esa práctica está prohibida por ley en la isla.

— Escuchaste bastante niño – sopló sarcásticamente.

Sebastián miró al Alcalde y pensó en contestarle, pero se detuvo. Él sabía que el hombre que estaba hablando estaba desesperado.

— Ya entiendo qué tiene que ver el Alcalde y el doctor – pensó en voz alta Bruce–. Y usted, ¿qué tiene que contarnos, Padre?

— ¡Dios Santo! – se persignó el Padre y colocó sus manos sobre el crucifijo– ¡Nunca pensé que esto llegara a tanto!

— ¡Cuéntanos! Todo es importante – motivó Bruce.

Seba miraba con expectativas al Padre, inconscientemente sacó su piedra del pecho y comenzó a jugar con ella.

— Como bien dijeron, ambos hermanos se negaron a realizar la petición de la hermana Wanda… ¡Válgame Dios! – el Padre miró a todos–. Por último, acudió a mí.

— Pero, ¿qué podía hacer usted? – se aventuró Seba mirándolo fijamente.

— Ya que las primeras dos opciones fracasaron, Wanda vino aquí, me contó cómo se negaron a ayudarla. Rápidamente, yo me puse de lado de mis hermanos, la vida es un don que Dios da y Él es el único que la puede quitar. Además, la iglesia patrocina la vida, nunca estaría a favor de la eutanasia. La Palabra dice que no importa las cosas malas que pasan en tu vida, todo tiene un propósito y el propósito de Dios es perfecto.

— O sea, usted también se negó – comentó Bruce.

— ¡Exacto! Wanda quería que le diera la absolución, pero yo no podía. No puedo darle la absolución a alguien que piensa ejercer el mayor pecado. Intenté orientarla, buscarle ayuda profesional para ganar tiempo, pero ella se negó a todo. La última opción que tuve, fue echarle mi bendición y rezar cada noche para que Dios iluminara su camino – el Padre se ahogó en llanto–. Ahora morirán dos siervos de Dios por mi culpa.

— Primero, no es su culpa y segundo, nadie morirá – intentó relajar Bruce. El doctor y el Alcalde esperaban una decisión–. Matt, ya escuchamos a los tres, debemos actuar. Nos quedan aproximadamente 36 horas para *Halloween*.

— Creo tener una idea de donde está el escondite. Cuando fui al río, encontré un pozo oscuro que puede llevar a un túnel – contó Seba–. Ahora que tiene todos los elementos, imaginó que estará en su guarida hasta mañana.

— Pero jóvenes, hay algo con lo que ustedes no están contando – dijo el Padre. Seba lo miró expectante–. El día de brujas comienza a las 12:00 A. M. del 31 de octubre. O sea, Wanda puede atacar en la madrugada y no necesariamente mañana en la noche.

— Mierda… perdón Padre – Seba se puso en pie. El Padre tenía razón y él se sentía estúpido por no haber pensado en esa opción. El tiempo era mucho más corto de lo que pensaban–. ¡Bruce vamos, hay que movernos!

— ¿Pero quién eres tú para enfrentarte a ella? – gritó el Alcalde desconfiando de Seba.

— Hombre... no tengo tiempo para explicar. Mejor que te diga el Dr. Rivera.

Seba se dio media vuelta y comenzó a correr hacia la salida de la iglesia. Bruce se puso de pie y siguió al ángel. El tiempo se había reducido drásticamente y tenían que trabajar.

CAPÍTULO 9

Seba y Bruce llegaron al barrio Achiote y entraron al sector donde vive Ana. Aunque Sebastián quería llegar volando, decidió ir en el auto con Bruce, volando él llegaría primero, pero tendría que esperarlo.

— ¿Cuál es el plan? – preguntó Bruce deteniendo su auto donde comenzaba el camino hacia el río.

— Como dije, vi un pozo y pienso que es el escondite de Wanda. Si está, lucho con ella y tú te encargas de sacar a los chicos.

— ¿Y si nos encuentra antes de llegar al escondite?

— Bueno, en ese caso tendremos que improvisar.

Seba miró a Bruce, abrió su puerta y se bajó del auto. Se detuvo a esperar a Bruce. Cuando Bruce llegó a su lado observó el camino y a sus espaldas escucharon una voz.

— ¡Seba! – una voz femenina hablaba a un poco de distancia.

Sebastián se dio la vuelta de prisa al escuchar su verdadero nombre. Bruce parecía desconcertado.

— ¡Has vuelto! – la joven llegó hasta los chicos. Ella era rubia con una hermosa piel pálida y bello rostro. Vestía *converse* bajas, grises, un vaquero corto y una camisa gris de manguillos con las palabras "*100% Love For You*".

— ¡Ana! – Seba se acercó a la bella chica y la saludó con un beso de mejillas.

— ¿Aún sigues con tu investigación? – logró preguntar Ana luego de un embarazoso segundo de silencio después del saludo de Sebastián–. ¡Hola Bruce! hace mucho no te veía.

— Sí, aún estoy en eso – volvió a mentir Seba. Bruce extendió su mano para saludar a Ana, pero ella tomó su mano y lo abrazó. Bruce siguió la mentira del ángel.

— ¿No hay problema con que bajemos y tomemos algunas fotos más? – preguntó Seba para cortar la conversación.

— ¡Claro que no! – el ánimo de Ana cayó un poco–. Pero tengan cuidado, hace unas noches escuché unos ruidos.

— ¿Qué tipo de ruidos? – se adelantó Bruce.

— Como unos gritos, pero no estoy segura, porque tenía música alta en ese momento.

— Ok, muchas gracias – interrumpió Seba–. Tendremos los ojos bien abiertos.

Sebastián volvió a dar un beso a Ana como despedida. Bruce extendió su mano y la chica respondió. Cuando la Srta. Stone salió en dirección hacia la casa de su abuela, Seba y Bruce se dieron media vuelta y siguieron el camino que llevaba al río. Luego de unos minutos, camino abajo, ya la vegetación los comenzaba a rodear y el sol delataba que la tarde iba por la mitad. Cuando el camino terminó, comenzaron a ver rocas que se plantaron por alguna crecida. Aunque los árboles tapaban el agua, Bruce ya podía oír el cauce del río.

— ¿Con que Seba? – Bruce preguntó mirando al ángel– ¿Por Sebastián o es otro seudónimo? – Bruce rio al recordar a Ana delatando el nombre del ángel.

— Llámame como quieras. No hay tiempo para eso – Seba rio y dio un pequeño golpe en el hombro de Bruce.

Llegaron al lugar donde Seba y Wanda se enfrentaron días antes. Aunque no lo admitió, Seba se sentía aliviado sabiendo que Bruce sabía su verdadero nombre.

— Aquí fue donde me encontré con Wanda – dijo Seba–. Todo está igual, excepto esas marcas – el ángel señaló unas marcas en el suelo. En el rastro se podía notar la tierra amontonada alrededor, como si estuvieran halando algo o a alguien.

Automáticamente Bruce comenzó a seguir el rastro. Seba notó que iba río arriba y recorría el mismo camino que él corrió el día de la pelea.

— Matt... Seba... como te llames. ¿Alguien más sabe sobre ti? – preguntó Bruce mientras caminaban.

— No – dijo secamente.

— ¿Ni tu familia? – luego pensó mejor– ¿Tienes familia? – añadió.

— Sí tengo – dijo–, pero no los quiero meter en este mundo. Así que no saben nada.

— ¿Y pareja?

— Tampoco. ¿No crees que mi mundo es peligroso? – no respondió–. Eso pensé – él mismo se contestó.

— Debe ser difícil – comentó Bruce–. Chico, debes decirle a alguien. Si te sucede algo, nadie lo sabría. O sea, si necesitas ayuda – explicó.

— Mejor no pensemos en eso – Seba dejó la conversación y se adelantó un poco.

Como el ángel sospechaba, el rastro murió frente a la roca que daba al pozo oscuro. Seba trepó y Bruce se paró a su lado. Ambos miraron el pozo, el agua estaba completamente en calma, Seba y Bruce enfocaron su vista en el oscuro fondo en busca de luz o de alguna pista.

De repente, una estruendosa melodía salió del bolsillo de Sebastián. Bruce observó como el ángel introdujo su mano y sacó un celular, no el pre-pagado que utilizaba para comunicarse con él, sino su verdadero celular.

Seba leyó las cuatro letras que formaban el hermoso nombre... "Emma" una sonrisa nació en su rostro. Al recordar donde estaba y lo que estaba a punto de hacer, la sonrisa murió.

— No es el momento mi amor – pensó.

Con más obligación que deseo, Seba ignoró la llamada y apagó su celular.

— Sí, hay alguien importante – confirmó Bruce.

Antes de que Seba pudiera contestar, un chasquido hizo que la atención de ambos se enfocara nuevamente en el pozo. El agua ya no estaba en calma. En el pozo se crearon ondas y cada vez se hacían más grandes.

— Algo entró al agua y se está moviendo – susurró Bruce.

Imágenes comenzaron a golpear la cabeza de Max. Mostraban el auto de su padre, luego a una mujer de cabello rojo que lo sacaba por la ventana. Todo era confuso, un objeto había golpeado el auto. Por el golpe, perdió el sentido por algunos minutos, cuando volvió en sí, estaba siendo arrastrado a través un sendero lleno de vegetación. Dos frías manos halaban de él, mientras su cuerpo creaba una marca en la tierra por donde pasaba. Luego de eso, hubo un chapuzón, el agua estaba fría y oscura. Fueron varios segundos los que estuvo en ese oscuro túnel acuático. Al volver a la superficie, llegaron a una cueva. Era húmeda y bañada por luz roja proveniente de una hoguera. Lo último que Max logró ver fue el cadáver de un gran animal en descomposición y una chica en una jaula. Luego de eso, Max se desmayó.

— Ustedes deben saber porqué van a morir... — Max escuchó a una mujer. Comenzó a abrir sus ojos y se dio cuenta de que estaba en la jaula con una joven de su misma edad. Su cabeza latía fuera de control. Max intentó ponerse en pie, pero la jaula era muy pequeña. Miró a la joven que lo estaba observando. La chica estaba llena de sangre y con la ropa muy sucia. Max había visto su rostro antes. Luego de varios segundos buscando en sus recuerdos, logró identificarla. Era Liza, la hija del Dr. Rivera.

— Max, has despertado – dijo con falsa alegría la mujer que lo había secuestrado–. Ahora podrás escuchar porqué están aquí.

Max miró a la mujer que lo había secuestrado. Era espantosa, su piel era blanca como una hoja de papel, con muchas grietas por toda su cara. El olor en la cueva era horrible, Max casi vomita. Liza se notaba asustada y débil. Ninguno se atrevió a hablar.

— Me presento, mi nombre es Wanda – saludó la Bruja, mientras tomaba un pedazo del animal muerto y se lo llevaba a la boca, esto produjo más nauseas en Max–. Sus padres me conocen muy bien y gracias a ellos, ustedes están aquí.

Max recordó el intercambio de palabras entre su padre y esta mujer. Su padre le dijo que ella debía estar muerta y ella respondió que, gracias a él, no lo estaba.

— Para comenzar, yo fui paciente de tu padre – Wanda señaló a Liza–. Fui un paciente de cáncer terminal. Mi dolor fue tanto, que deseé la muerte y se la supliqué a tu padre – Wanda mordió la carne y se escuchó el crujido de un hueso que había dentro–. Por el maldito ego de tu padre, de creerse Dios, es que estamos en este punto.

Liza pensó en responder, pero sabía que no lograría nada con defender a su padre. Max seguía observando toda la cueva. No era muy grande, era un cuadro con un hoyo lleno de agua en una de las paredes, una hoguera en la pared frente al agua. En la pared derecha al lado del hoyo, estaban ellos en la jaula y frente a ellos Wanda con el cadáver del animal.

— Como tu maldito padre no quiso matarme, me vi obligada a buscar de la ley... así que ya saben a quién busqué – Wanda señaló a Max–. Exacto, a tu lindo padre. Pero también se negó por cuestiones de leyes y cosas legales – Wanda se terminó la carne–. Ustedes no tienen idea de lo mal que lo pasé. El cáncer me estuvo comiendo, mientras sus padres hablaban de leyes, puntos éticos y morales.

— Pero solo buscaban lo mejor para ti – lograron salir palabras de la boca de Max.

— ¡Lo mejor era dejarme morir! – Wanda caminó hacia la hoguera con su rostro lleno de sangre–. Como ellos se negaron, decidí hacerlo por mí misma, pero antes quería que el Sacerdote del pueblo me perdonara por lo que estaba a punto de hacer – se dio la vuelta de repente–. Y para colmo, también se negó. El maldito Padre me decía que confiara en Dios. ¡Ja, ja! – rio–. Confiar en Dios cuando hasta respirar duele. Se nota que él nunca ha padecido algo así.

Wanda los miró. El fuego hacía que se viera aún más tenebrosa.

— ¿Pero cómo sigues aquí? – preguntó Liza en un murmuro– ¿No deberías estar muerta?

— Gracias a un estupendo hombre, sí es eso – Wanda se veía muy agradecida con él–. El Puppeteer. Él me encontró en mi cama a punto de suicidarme. Luego de una larga conversación me presentó una estupenda opción. Él me liberaría de todos mis males y me daría algunos "dones especiales" – hizo las comillas con sus dedos, la locura se veía en su rostro–. Pero tenía que acudir a él cuando estuviera su grupo completo. Estuve nueve años preparándome. Mientras tanto, yo puedo hacer lo que me plazca – dijo acercándose a la jaula.

— ¿Qué piensa hacer ese hombre? – Max tenía miedo a la respuesta, ya había visto los dones de Wanda. Si el llamado "Puppeteer" era la persona que le había dado sus poderes, no quería imaginar que cosas él podía hacer.

— Realmente esa información se supone que no se las dé – Wanda colocó sus manos en los barrotes de la jaula y ellos automáticamente retrocedieron. Sus ojos eran completamente negros y con su pálida piel resaltaban–. Pero ya que están a punto de morir, creo que no podrán decirle a nadie. ¡Los muertos no hablan! – la Bruja rio. Max pudo ver la sangre del animal en sus dientes y su asquerosa lengua–. Él busca la... – una estruendosa melodía entró por el agujero.

Al escuchar la música, Wanda se dio media vuelta y caminó hacia el hoyo. La música provenía del otro lado. La Bruja se detuvo para escuchar.

— Creo que tenemos visitas – dijo Wanda–. Terminaré la historia luego.

Wanda se metió en el agua produciendo un chasquido. Los chicos pudieron ver las ondas que se formaron cuando el cuerpo de la Bruja se perdió en el agua.

— ¡Muévete! – gritó Seba, dándole un empujón a Bruce, obligándolo a caer al suelo de espalda.

De un brinco la Bruja salió del pozo. Wanda golpeó a Seba. El impulso de Wanda hizo que Sebastián se elevara varios pies y luego cayera al suelo. El ángel, automáticamente se puso en pie y sacó sus brillantes alas.

— ¿Tú de nuevo angelito? – Wanda se posó frente a Seba.

— ¿Dónde están los chicos Wanda? – Seba puso su mano en su pecho y haló de su camisa que se había roto al salir las alas. Su pecho quedó al descubierto y en él, solo colgaba su cuarzo azul.

— Veo que has buscado información – Wanda sonrió–. ¡Me siento alagada!

Sebastián preparó sus músculos, estaba esperando que la Bruja diera el primer paso. Bruce se había puesto en pie y observaba la conversación.

— ¡LOS CHICOS! – insistió Seba.

— ¡Tranquilo! Los devolveré muy pronto – dijo Wanda con sonrisa burlona.

Bruce comenzó a moverse despacio hacia el pozo por donde había salido Wanda. Esperaba que Seba la lograra distraer mientras él buscaba a Max y Liza.

— ¿A dónde crees que vas? – Wanda movió una mano y del árbol más cercano salió una fina rama en dirección a Bruce. Parecía un tipo de tentáculo que era controlado por la Bruja. La rama se enroscó en el torso del Informante.

Bruce quedó completamente inmóvil con la rama rodeándolo. Intentó zafarse moviéndose bruscamente, pero la rama no cedió.

— ¿Crees que sería tan fácil? – Wanda se volteó hacia Bruce, le regaló una mirada y rio–. Tú fuiste el hombre que hace nueve años me encontró en el río, te recuerdo.

Al volver la vista hacia el ángel. Ya Seba venía volando hacia ella con un puño en dirección a su cara. La Bruja no pudo esquivar el golpe. Fue sólido en su cara. Wanda retrocedió varios pasos.

— ¡Pegas fuerte! – dijo.

— Me la debías – respondió Seba.

La cara de Wanda se llenó de más grietas. La ira estaba entrando en su cuerpo. Seba pudo ver como varias ramas se comenzaron a elevar mientras la Bruja elevaba sus manos. Las ramas comenzaron a bajar en dirección a Sebastián, quien comenzó a esquivarlas dando brincos. Los filos de las ramas se terminaron clavando en el suelo y en los troncos de árboles que el ángel usaba para escudarse. Cuando Sebastián pensó que ya no había ramas salió en dirección a la Bruja. De la nada, una última rama salió. Antes de que llegara a donde él, Seba dio un giro y logró cortar la rama con sus afiladas alas. El filo de la rama cayó y el cuerpo de ella retrocedió.

— El sol se está yendo – dijo Wanda mirando al ángel que la miraba directamente–. Tendré que adelantar mi plan – Wanda movió su mano en dirección a Bruce.

La rama que había cortado Seba salió hacia el Informante. Bruce vio como la rama se dirigía a su cara, intentó esquivarla, pero fue imposible. La rama que lo rodeaba evitaba todo movimiento. La rama sin filo terminó chocando contra la cabeza de Bruce. Dejando al Informante inconsciente.

— ¡Bruce! – murmuró Seba entre dientes.

El ángel salió volando, pero antes de ir hacia Bruce pasó por el lado de Wanda. Con una de sus alas le dio de nuevo a la Bruja mandándola a varios pies de distancia. El viaje de Wanda terminó al chocar con el tronco de un árbol.

Seba llegó hasta Bruce. Notó que seguía con vida. Colocó sus manos sobre la rama que apresaba a su amigo, haló y la rama cedió un poco, pero antes de volver a halar sintió como una nueva rama lo rodeaba. Wanda estaba de pie, justamente detrás de Seba. La Bruja ordenó a varias ramas que rodear al ángel.

— Bueno angelito, me has obligado a adelantar mi plan – Wanda se paró frente a Seba y lo miró a los ojos. Luego miró su pecho y notó la piedra azul–. Espero que el cuarzo te traiga suerte. Porque la necesitaras cuando el Puppeteer te tenga.

Las ramas dieron un último apretón y Wanda desapareció por el mismo pozo que había aparecido.

Varios minutos después, el agua volvió a sonar. Max miró esperando cualquier cosa menos a la mujer que lo secuestró. Desafortunadamente, del oscuro hoyo salió Wanda. Se notaba molesta y su rostro mostraba algo parecido a un hematoma.

— Jóvenes, la caballería ha intentado salvarlos – dijo Wanda cuando abrió la puerta de la jaula–. Pero lamentablemente solo adelantaron los sucesos. ¡Nos vamos, ya el sol se puso!

Wanda no dejó tiempo para que Liza ni Max se quejaran. Al abrir la puerta tomó a los dos chicos por su cabello y haló de ellos. Con Max agarrado en una mano y Liza en la otra, Wanda saltó al pozo oscuro y comenzó a nadar.

Max intentaba ver algo en ese oscuro pasillo acuático. Aunque no estuvieron más de medio minuto en el pasillo, él pensó que estuvo horas. Cuando logró ver la salida, ya el cielo estaba oscuro. La noche había caído. Max fue el primero en salir, luego Liza y finalmente salió Wanda.

— Observen a sus rescatadores – Liza y Max miraron a dos hombres que estaban amarrados con ramas. Uno de ellos estaba sin camisa, se notaba algo brillante a su espalda, estaba de pie mirando a Wanda, mirándolos a ellos. El otro estaba tirado en el suelo. Max no pudo identificar si aún vivía.

— ¡Wanda! ¡Déjalos! – gritó el hombre que estaba en pie.

Wanda dejó a Max y Liza atrás, moviendo sus manos. Dos pequeñas ramas se amararon a sus pequeñas muñecas sirviendo de esposas.

— Angelito... Tranquilo – Wanda tocó el rostro del hombre y pasó sus dedos por su barba–. Sabes donde los podrás encontrar – dio una cachetada que obligó al hombre a voltear la cara. Wanda se dio media vuelta y rio fuertemente.

Luego de dos horas de Wanda haberse llevado a los jóvenes, Seba seguía intentando zafarse de las ramas. Se movía frenéticamente, intentando sacar sus alas para poder cortarlas. Bruce seguía en el suelo inconsciente. Pasó media hora más y Bruce comenzó a moverse.

— ¡Bruce! – gritó Seba–. Despierta, Wanda se los llevó, se han ido – Sebastián usaba todas las fuerzas que podía para moverse.

Bruce comenzó a volver en sí. Desde el suelo veía a Seba amarrado por ramas, de las cuales intentaba salir. Bruce intentó moverse, pero se percató de que él también estaba amarrado por esas ramas.

— ¿Qué ha pasado? – logró preguntar al despertar.

— Wanda nos tomó por sorpresa – dijo Seba–. Peleamos, te dejó inconsciente con un golpe en la cabeza, me amaró y se fue con Max y Liza.

— Pero aún no son las 12:00 A. M.

— Lo sé, pero llevamos aquí varias horas – dijo Sebastián moviéndose–. Ya debe estar en la iglesia.

Bruce miró en busca de nubes. Vio la luna llena que brillaba en el cielo completamente despejado. No tenía idea de qué hora era.

— ¡Bruce! intenta ponerte de pie. Necesitamos salir de aquí.

Seba miraba a Bruce que solo tenía una rama en su pecho y en sus tobillos. En cambio, él tenía más de seis ramas diferentes en su pecho y brazos. Bruce logró ponerse de pie. Aunque sus hombros estaban rodeados por la rama, esta era bastante fina. Bruce comenzó hacer presión en sus brazos para intentar romper la rama. El primer intento fue fallido, pero en el segundo utilizó todas las fuerzas que tenía. La rama cedió, automáticamente Bruce se llevó las manos a los tobillos y comenzó a halar hasta que estuvo completamente fuera.

— Bruce, ven a mi espalda – ordenó Seba al ver que su amigo estaba libre–. Tengo una rama que cruza mis omoplatos. Hala de ella, yo haré presión con mis alas.

El Informante miró la espalda del ángel. Entre rama y rama había un pequeño espacio. Bruce usó ese espacio para introducir sus manos y comenzar a halar.

— ¡Más fuerte! – ordenó Sebastián.

Bruce comenzó a ponerse rojo de la fuerza que estaba ejerciendo mientras halaba la rama. Utilizó el peso de su cuerpo y se lanzó hacia atrás, la rama respondió moviéndose un centímetro. Ese pequeño espacio, fue suficiente para que Seba lograra sacar sus alas.

Las ramas aún estaban conectadas a sus respectivos árboles. Seba comenzó a mover sus alas para que fueran cortando todo. Bruce cayó de espalda al suelo y comenzó a alejarse. Pensó en alguna forma para que el ángel pudiera escapar.

— Seba, da vueltas sobre tu eje, haz un torbellino con tus alas.

Sebastián pensó en la idea. Si lograba rotar sobre sí mismo, cortaría todas las ramas que lo apresaban. Sus alas servirían como cuchillas.

El ángel comenzó a rotar. Primero dio media vuelta de derecha a izquierda. Mientras iba sintiendo que tenía más movilidad, aumentaba la circunferencia. Al sentir que estaba casi fuera, Seba dio un brinco en el aire y logró dar dos vueltas en 360 grados. Al caer al suelo, ya Seba estaba libre de todas las ramas.

— ¡Vamos Bruce! Ya Wanda debe estar en el Pueblo — Seba estiró sus alas y salió volando sin espera de respuestas.

Bruce vio como Sebastián salió volando y se perdió en el oscuro cielo. Al encontrarse solo, comenzó a subir por el camino que había llegado. Tenía que llegar a su auto y de ahí salir hacia el Pueblo. Bruce deseaba que no fuera demasiado tarde.

CAPÍTULO 10

— Caminen y no se atrevan a gritar.

Wanda entró a la plaza pública de Naranjito acompañada de Liza y Max. La Bruja halaba de los chicos, quienes iban un paso atrás. Liza y Max estaban cansados, ya llevaban más de tres horas caminando desde la cueva hasta el Pueblo. Del Centro de Bellas Artes de Naranjito salían muchas familias, la obra que se estrenaba ese miércoles había terminado y ya faltaba poco para las doce de la media noche. La Bruja se intentó mezclar con las personas que salían del teatro, pero la vestimenta de Liza y Max los hacían foco de atracción, iban andrajosos, con su ropa sucia y mojada.

— ¡Ayuda! – susurró Max a un niño de no más de siete años de edad que pasó a su lado. Max mostró sus muñecas apresadas por la rama.

El niño lo observó, Max tenía toda su ropa mojada y con mal olor. Luego de mirarlo, dijo:

— El Sacerdote me dijo que los niños que se visten de muertos no son buenos amigos.

— Te dije que no hablaras – Wanda haló el sucio cabello de Max hasta que las lágrimas salieron–. ¡Muévanse! Tenemos que llegar hasta la iglesia. No me hagan matarlos antes de tiempo.

Liza no llevaba zapatos y tenía todas las piernas con moretones y pequeñas heridas. Ella miró hacia atrás y la última familia ya se había ido de la plaza, estaban completamente solos con la Bruja.

Al llegar a la fuente que estaba en el medio de la plaza, Liza logró ver una motora de policía. Rápidamente buscó a su conductor. El policía estaba recostado de la puerta de una cafetería, hablando por celular. Liza miró al policía y luego miró a Max. Wanda estaba mirando con deseo la entrada de la iglesia. Liza aprovechó el momento, tomó de la mano a Max con un poco de dificultad por la rama, y salió corriendo arrastrándolo con ella.

— ¡Ayuda! ¡Ayuda! – gritó Liza a todo pulmón, mientras corría hacia el policía.

El oficial dejó caer su celular, tomó su arma y comenzó a correr hacia los jóvenes desesperados.

— ¡Quieta dama! – ordenó el policía por instinto, mientras apuntaba a Wanda. Los jóvenes se escondieron tras el oficial y comenzaron a romper las ramas que rodeaban sus muñecas.

Wanda miró como se protegían detrás del oficial.

— ¡Liza… Max…! – comenzó a decir Wanda, mientras su rostro se comenzaba a palidecer y agrietar–. Si no quieren que este inocente muera por su culpa… ¡Vengan ahora! – ordenó.

— ¿Liza? ¿Liza Rivera? – preguntó el policía al notar quienes eran los chicos.

Liza asintió con un movimiento de cabeza, mientras miraba a Wanda y lloraba.

— ¡No dejes que nos lleve por favor! – suplicó, al fin lograron romper las ramas– ¡DISPARE!

— ¡Nadie los tocará! – gritó para que Wanda escuchara–. Levanta las manos o disparo.

— ¡Inténtalo! – Wanda echó a correr hacia el policía y los chicos.

El policía no pudo creer con la velocidad que se movía. Solo veía una silueta acercándose a ellos. Solo le dio tiempo a disparar una vez, falló. Cuando estuvo a punto de volver a disparar, Wanda lo golpeó en la cara. El policía quedó tendido sobre la pared de la cual estaba recostado hacía unos segundos atrás.

El policía veía a la mujer parada frente a él, estaba completamente desfigurada. De repente, ella se dobló para tomar algo del suelo. La vista del oficial estaba borrosa por el golpe, pero pudo distinguir lo que la mujer había tomado. Frente a él había un pequeño agujero metálico que apuntaba a su rostro.

— ¡No le dispares! – chilló Liza.

— ¡Te lo advertí! – contestó cortante.

La Bruja miró al policía en el suelo, sonrió y disparó una, dos, tres, cuatro, cinco, seis veces. El cargador quedó vació.

Los chicos vieron como cada bala cruzó el rostro y pecho del policía que intentó ayudarlos. La sangre salía de sus ojos, nariz, boca y todos los demás hoyos que había creado Wanda. La sangre había salpicado en todas direcciones y ahora tanto Liza, como Max estaban bañados en ella.

— ¡Max! – gritó un hombre a la espalda de ellos.

— ¡Alcalde! – exclamó Wanda al darse la vuelta hacia la iglesia–. Me alegró que se una a la celebración de La Noche de Brujas.

Rápidamente, de la iglesia salieron el Padre y el Dr. Rivera. El Padre se puso al lado del Alcalde para que lo usara de bastón, el yeso no lo dejaba pisar firme. Los ojos del doctor se iluminaron al ver a su amada hija con vida.

— Bien, están todos los invitados – Wanda empujó a los chicos para que caminaran hacia la iglesia, dejó caer el arma vacía sobre el cadáver del oficial–. Es hora de comenzar.

Wanda acomodó a los secuestrados a varios pies de la escalera de la iglesia para que estuvieran frente a sus padres. Detrás de ellos había dos grandes árboles, Wanda se puso en medio de ambos y los obligó a arrodillarse.

— Veamos… – comenzó a decir–. ¿Cuál de los dos quiere morir primero? – todos estaban desesperados, nadie sabía qué hacer, hubo silencio–. ¿Nadie? Pues yo elijo – la Bruja puso sus manos sobre la cabeza de los chicos–. ¿Que tal tú, Max? – Wanda haló de su pelo–. Así te podrás reunir con tu madre.

— Sácale la mano de encima – gritó el Alcalde descontrolado. Estuvo a punto de bajar hacia ella, pero el Padre lo detuvo.

— Tranquilo Alcalde, tú también tendrás la oportunidad de reunirte con ella. Pero estoy hablando con tu hijo – sonrió.

Wanda puso en pie a Max y levantó el otro brazo. Max quedó frente a la Bruja y la miró a los ojos, de repente algo comenzó a bajar del árbol que estaba detrás. Parecía una serpiente, pero hecha de madera.

La rama del árbol pasó sobre el hombro de Wanda con sutileza y llegó hasta Max. El terror no lo dejó moverse, mientras la rama se enroscaba en su pequeño cuello. De repente, apretó y la respiración de Max fue interrumpida. Automáticamente se llevó sus manos al cuello, pero sus fuerzas no podían competir con eso.

— ¡Wanda… Suéltalo…! Tu problema es conmigo, deja a mi hijo.

— Ahora puedes sentir como tu vida se va y nadie puede hacer nada – Wanda, aunque reía, estaba llena de ira–. Eso yo sentía cuando acudí a ti para suplicarte.

Max seguía luchando por conseguir aire, mientras Wanda se paraba en el primer escalón frente a la iglesia para poder disfrutar del sufrimiento del Alcalde. La Bruja iba a comenzar a decir algo, pero un ruido llamó su atención. Algo había pasado a gran velocidad sobre la iglesia. Wanda observó la cruz y el ruido volvió, pero esta vez de un lateral.

— Aquí estoy – dijo Seba volando hacia la Bruja. Antes de llegar dio una vuelta en 360 grados extendiendo sus alas. Una de las alas chocó de lleno con Wanda. La velocidad que llevaba Seba era tanta, que al chocar con la Bruja, ésta salió por los aires hasta terminar su camino contra el Centro de Bellas Artes de Naranjito. El cuerpo de la Bruja tumbó todas las letras tridimensionales que nombraban al centro, esparciéndolas por toda la plaza; cayó a los pies del mismo inconsciente.

Sebastián corrió hacia Max, tomó la rama con sus fuertes manos y aplicó todas sus fuerzas hasta que la rama rompió. Max cayó al suelo, tomó un gran bocado de aire y comenzó a toser.

— ¡Chicos! – gritó Sebastián–. Vayan con sus padres, enciérrense en la iglesia. Esto no ha terminado.

Sin vacilar salieron corriendo hacia sus respectivos padres y se fundieron en un auténtico abrazo. Un auto entró a toda velocidad a la plaza y se detuvo de golpe. Del auto salió una nueva figura y corrió hacia el ángel, era Bruce.

— ¿Dónde está? – preguntó al llegar.

— Inconsciente, pero no por mucho tiempo – Seba comenzó a caminar hacia la Bruja–. Ve a la iglesia y asegúrate que todos estén bien – ordenó a Bruce.

— No Ma… Seba – se corrigió antes de contestar–. Hay que terminar con Wanda.

— Es peligroso.

— Por eso no te dejaré solo.

Sebastián se volteó y miró a Bruce a los ojos.

— Ya hubo un muerto por culpa de esa zorra. No quiero más heridos – dijo firmemente, dando una mirada al cuerpo del policía–. ¡Ve! – terminó el ángel con un grito y señalando a los demás que aún estaban frente a la iglesia.

Bruce dio media vuelta, claramente molesto, y caminó hacia la iglesia. Sebastián, al ver a Bruce llegar con los demás se dio la vuelta y volvió a lo que iba. Buscó a Wanda por todos lados. La Bruja se había reanimado mientras él discutía con Bruce, ninguno de los dos se había dado cuenta. Seba miró donde había caído el cuerpo, en su lugar solo estaban las letras que antes identificaban el Centro de Bellas Artes.

— No debiste intervenir angelito – la voz sonaba a su espalda–. Tú no tenías nada que ver con esta pelea.

Seba volvió la vista y logró ver a Wanda. Estaba parada tranquilamente, con múltiples ramas que provenían de los árboles. Cada rama llevaba una peligrosa punta que apuntaban al ángel. Sebastián miró las ramas, tenía al menos tres a cada lado de Wanda. Sería imposible esquivarlas todas. Aún así, extendió sus alas, tensó sus músculos y se preparó para el ataque. Wanda señaló al ángel con su mano y todas las ramas obedecieron.

La primera rama iba directa al rostro del ángel. Seba la esquivó con agilidad y lanzó un gancho con su derecha, rompió la rama y el filo cayó al suelo. Con la velocidad del gancho, Seba se puso de espalda y varias ramas chocaron con sus alas, automáticamente perdieron el filo al dar en el fuerte hierro. Al terminar el giro de 360 grados, intentó tomar impulso para salir volando hacia Wanda. Pero antes de poder despegarse del suelo una rama le rozó el muslo izquierdo, lo que provocó un fuerte dolor y lo obligó a caer al suelo. Sebastián cayó con la pierna herida extendida. Entonces, colocó su rodilla sana y ambas manos en el suelo para poder sostenerse y volver atacar. El ángel miró a la Bruja, cuando estuvo a punto de pararse, una nueva rama cruzó el aire y se clavó encima de la clavícula derecha de Seba, justamente en el trapecio. El ángel no pudo ahogar un grito, el cual resonó por toda la plaza. La sangre comenzó a salir de la herida, Seba perdió las fuerzas. Las alas quedaron completamente extendidas sobre la loza de la plaza de Naranjito.

Sebastián se mantuvo en silencio en espera de otro golpe, no lo hubo. La Bruja se había quedado sin ramas. Seba utilizó el momento y con su brazo izquierdo tomó la rama y la sacó de golpe. La sangre salpicó y Seba volvió a gritar

Wanda volvió la vista al ángel en el suelo. Vio como Seba tomó impulso con su brazo y pierna sana. Las alas le dieron la velocidad que necesitaba y despegó como un proyectil. Wanda, desesperada, tiró con una última rama que salió de la nada. La Bruja estuvo casi segura que la rama rozó el costado derecho del ángel, pero no fue suficiente para detenerlo. La cabeza de Seba chocó secamente contra la mandíbula de la Bruja. El impulso logrado fue lo suficientemente fuerte para arrastrar a Wanda varios pasos atrás, tirándola al suelo y dejándola desprotegida.

Seba se arrodilló con la Bruja entre sus piernas y comenzó a golpearla. Sebastián utilizaba su brazo izquierdo, aunque no era tan potente, pero el derecho estaba completamente inválido. Del cuerpo del ángel salía mucha sangre, especialmente del hombro derecho. Seba sentía un ardor por el área del apéndice, pero prefirió ignorarlo.

El ángel siguió golpeando el rostro de la Bruja, una y otra vez. A la espalda de Seba se escuchaba algo, pero el ángel lo ignoró. Ya la nariz de Wanda estaba completamente rota y de ella salía sangre, negra, coagulada.

— ¡Cuidado! – escuchó a alguien gritar desde la iglesia.

Antes de que Seba se pudiera mover, dos ramas tomaron sus alas y las obligaron a pegarse a su espalda. Automáticamente dos ramas más pasaron por ambos lados de la cabeza del ángel y se cruzaron en su pecho formando una equis. Las ramas presionaron el hombro herido, Sebastián gritó. Seba se llevó las manos a la equis por instinto y dos ramas más repitieron el movimiento, apresando las manos del ángel y dejándolo inmóvil. Las ramas comenzaron a halar y lo elevaron. Quedó apresado por muchas ramas y elevado en el lateral de la plaza que da hacia el Centro de Bellas Artes. El ángel tenía una amplia vista a la iglesia.

— ¡Me tienes harta angelito! – Wanda se levantó. Toda su ropa estaba empapada con su coagulada sangre. Mientras la Bruja se ponía en pie todos sus huesos crujían–. ¡Muérete ya! – las ramas comenzaron a apretar a Seba. Las ramas lo apretaron tanto que no pudo ni si quiera hablar.

— ¡Suéltalo! – Bruce comenzó a bajar las escaleras de la iglesia e iba en dirección a Wanda.

Wanda dejó de apretar a Seba y se enfocó en Bruce que corría hacia ella. Con un simple movimiento de mano, dos ramas más salieron de los árboles. Una de ella se enredó en los tobillos del Bruce. Haciéndolo perder el equilibrio y caer al suelo. La segunda rama se enroscó en sus muñecas y lo comenzaron a levantar. Las ramas lo elevaron hasta ponerlo en pie y lo movieron justamente hasta al lado de Sebastián.

Bruce estaba amarado por los tobillos y las muñecas, pero seguía en el suelo. Por su parte, Seba tenía las ramas rodeándole completamente el pecho y estaba colgando de ellas.

— Bueno ya que los tengo bajo control. Mejor vean el espectáculo y luego pueden morir – dijo Wanda adoptando su habitual sonrisa sádica.

Con el ángel y su ayudante controlados, Wanda comenzó a caminar hacia la iglesia.

— Bueno, ya Max tuvo su milagro del día de brujas – Wanda se detuvo justamente frente a las escaleras.

En la entrada de la iglesia se encontraba el Alcalde con su hijo a su espalda buscando refugio. Al otro lado estaba el Dr. Rivera con su hija, también a su espalda y un paso más adelante estaba el Sacerdote.

— Tómame a mí y déjalos a ellos – se ofreció el Sacerdote dando un paso hacia la escalera.

— Bueno, yo quería que tú vieras como todos morían, pero si te ofreces... – Wanda extendió sus manos y los árboles se comenzaron a mover.

Cuatro ramas salieron en dirección al Sacerdote. Cada una de ellas se aferró a cada extremidad del clérigo. Sintió como sus extremidades se tensaron cuando las ramas lo halaban, levantándolo del suelo. El Padre terminó suspendido frente a la Bruja. Wanda lo miraba con ira y satisfacción. Llevaba mucho tiempo esperando este momento. Wanda comenzó a extender sus manos en direcciones opuestas y las ramas imitaron su movimiento, ejerciendo una gran presión al cuerpo del Padre. El Sacerdote comenzó a gritar mientras sentía como las extremidades se comenzaban a dislocar.

— ¿Tú entendías mi dolor? – preguntaba la Bruja–. ¡Claro que no! – gritó.

Las ramas tiraban de ambos brazos y piernas del Padre en direcciones opuestas. El Padre gritaba de dolor. Notaba cómo sus muñecas, codos, rodillas y tobillos desaparecían. Sus brazos y piernas estaban a punto de desprenderse de su cuerpo.

— Te voy hacer sentir mi dolor – gritaba la mujer–, sentirás lo que te decía mientras tú me ignorabas y me hablabas de Dios.

Una rama cruzó el cielo y entró por las cervicales del Padre. La sangre no tardó en salir, empapó toda la espalda del Padre cayendo gota a gota al suelo. El Sacerdote gritó fuertemente y luego fue silencio. La rama cruzó todos los nervios de la espina provocando un dolor tan intenso que el Padre no pudo gritar. Sintió como la rama rompió todo en su interior.

— ¿Lo sientes? – preguntó en un grito–. Eso yo sentía a diario, y tú me decías que rezara para que se sanara mi dolor. Yo sentía ese dolor cuando te pedía la absolución para la eutanasia – se acercó al Padre para poder ver sus ojos–. ¡Tú me ignoraste, me dejaste con mi dolor!

El padre quería gritar, quería morir.

— Pero yo no soy como tú – dijo mirándolo y bajando el tono–. No, no. Si fuera como tú o el padre de ellos – dijo apuntando a Liza y Max–. Te dejaría vivir, para que sufras como hicieron conmigo. Los tres me ignoraron y dejaron que muriera con mi dolor, tuvo que llegar el Puppeteer para sanarme. Pero yo no soy como ellos – en el tono de su voz se sentía la locura–. Yo sé que vivir así, no es vivir. Yo te liberaré.

La Bruja extendió sus brazos y las ramas comenzaron halar. Arrancando los brazos y piernas del Padre. Su torso cayó al suelo manchándolo con su sangre, mientras sus extremidades colgaban de las ramas.

El Padre no sentía nada. Usó sus últimas fuerzas para cerrar sus ojos y agradecer a Dios, ya el dolor había desaparecido.

— Resultó ser un buen pastor, dio la vida por sus ovejas – la Bruja sonrió, dejó el torso del Padre tirado en la plaza y se dirigió hacia el Alcalde y el Dr. Rivera. Ambos protegían a sus respectivos hijos–. Ya uno sintió mi dolor, ahora faltan ustedes dos…

Seba observaba como la Bruja caminaba hasta los padres que protegían a sus hijos. Intentaba zafarse de las ramas que lo apresaban. Bruce logró liberarse mientras la Bruja asesinaba al Padre, Bruce tuvo un ataque de cólera y extendió sus manos hasta que las ramas cedieron. Al tener las manos libres, pudo romper la rama que sujetaba sus tobillos.

— ¿Quién quiere ser el próximo? – preguntó la mujer al llegar frente a los padres–. No hay voluntarios – dijo sarcásticamente–. ¡Sigamos con la niña del doctor!

La mujer tomó a la Liza, golpeó al doctor y la tiró por las escaleras de la iglesia. Liza cayó frente al torso del Sacerdote.

— Doctor, ¿qué sientes? – preguntó mientras se detenía en medio de la escalera. El Dr. Rivera se negó a contestar–. ¿Sientes lo que yo sentía? ¿Sientes como se me iba la vida?

— ¡No te atrevas! – advirtió Seba lleno de ira.

— Tranquilo angelito, ésta no es tu pelea. ¡Ya te lo dije! – las ramas apretaron a Seba, dejándolo sin aire.

La Bruja levantó una mano y automáticamente una rama se levantó imponente desde el centro de unos de los árboles que estaban detrás de la pequeña Liza.

— ¡Últimas palabras doctorcito! ¿O qué? ¿me pedirás tiempo como hacías mientras el cáncer me comía?

— ¡Yo solo quería ayudarte! – suplicó el doctor–. Te pedía tiempo para buscar una cura.

— El tiempo se te fue de las manos – la Bruja apuntó a la chica con los dedos y la rama salió disparada en dirección a ella.

Liza vio a la rama acercase y en ella vio la filosa punta. Sabía que no había nada que hacer. Se limitó a mirar a su padre a los ojos y despedirse uniendo sus labios y tirando un beso al aire. En el último momento cerró sus ojos y esperó el golpe.

El golpe hizo que Liza cayera de espalda. Un gran peso le presionaba el pecho. Rápidamente comenzó a sentir un caliente líquido pasar por su cuerpo. Liza siempre había pensado que la muerte sería dolorosa, pero al contrario, ella no sentía absolutamente nada. Cuando abrió los ojos lo entendió.

Sobre ella tenía el cuerpo de un hombre. Su rostro estaba frente a los ojos de ella. Liza pudo ver como los ojos del hombre se apagaban. Antes de que se cerraran logró agradecerle en un susurro.

— ¡Bruce! — gritó Sebastián, moviéndose desesperadamente para zafarse de las ramas.

El Informante había logrado escapar y se interpuso entre la rama y la niña. Seba tenía que romper las ramas, tenía que matar a esa maldita Bruja. En sus movimientos logró romper algunas ramas. Sus brillantes alas no tardaron en salir bruscamente. Comenzó a agitarlas y rompió todas las ramas que lo apresaban. El ángel cayó al suelo y lo primero que encontró fue la letra "A" del Centro de Bellas Artes, hecha de hierro. La tomó y con un gran esfuerzo, por su brazo lesionado, separó las dos patas de la "A" para formar dos dagas afiladas.

La Bruja miraba al hombre que murió por la chica. No se percató que Seba se había liberado. Antes de que la Bruja sacara la rama del cuerpo de Bruce, Seba voló hacia él. Al pasar a su lado, utilizó el filo de su ala para cortar la rama. Si aún el Informante estaba con vida era más seguro dejar la rama donde estaba.

— Pero angelito, quería que vieras toda la diversión — comenzó a decir la Bruja—. Pero ya que insis…

Seba no dejó que la mujer terminara. Luego de cortar la rama, voló a toda velocidad hacia ella. El hombre herido de Sebastián se clavó en el abdomen de Wanda. La velocidad fue tanta que se llevó a la mujer, subieron las escaleras de la iglesia y pasaron entre el Dr. Rivera y el Alcalde. Seba y Wanda rompieron la puerta principal de la iglesia y cayeron en el recibidor.

La Bruja estaba tirada boca arriba con Sebastián arrodillado sobre ella. Una mano del ángel estaba en el abdomen de la mujer sujetando una de las dagas metálicas y la otra mano estaba en el cuello de la Bruja apretando la segunda pata de la "A". La oscura sangre de la Bruja comenzó a salir. Ambas heridas comenzaron a ponerse oscuras. Estaba muerta.

Seba se puso en pie y dio la espalda al cadáver. Caminó temblando por las heridas, cerró sus alas, pero no las guardó. Al salir por la puerta hecha añicos vio al Alcalde y al Dr. Rivera abrazando a sus hijos. Sebastián sintió el amor de familia que se veía en ambos padres. Por un segundo pensó que estuvo a punto de morir y nadie lo habría sabido. Pensó en Emma y como ella hubiese tomado la noticia de su muerte.

Una silueta llamó la vista de Seba. Una mujer de cabello gris se acercaba al cuerpo del Bruce.

"Victoria", recordó Sebastián.

— ¡Chica! – gritó el Alcalde–. Llama a emergencias, necesitamos una ambulancia.

Victoria observó como el Alcalde dejó a su hijo frente a la iglesia y corrió hacia ella. Bajó su mirada vio que el hombre aún respiraba, lentamente, pero respiraba. Levantó la vista y vio al ángel con alas de hierro salir de la iglesia con múltiples golpes y sangrando por todo su cuerpo. Victoria entró en pánico y salió corriendo.

Sebastián vio como la mujer que le habló de los cuarzos, hacía una semana, salió huyendo de la escena. El ángel pensó en la imagen del Padre y no le sorprendió como reaccionó la joven. Al perderla de vista, observó una oscura silueta que estaba en el gazebo de la plaza. Era un hombre alto, llevaba un largo abrigo, tenía un sombrero alto y en su mano llevaba un bastón. De repente, algo en su mano libre tomó intensidad, una fuerte luz nació, era fuego. Estaba quemando algo en sus manos. Seba intentó apreciar que era, pero una fuerte ola de calor lo azotó por la espalda.

— ¡Ángel cuidado! – chilló Max.

Seba se dio un giro velozmente colocando sus alas frente a él para protegerse. Cuando el fuego se disipó, apartó sus alas. Ya el cuerpo de la Bruja no estaba, en su lugar había cenizas.

Automáticamente, Sebastián, se dio vuelta y salió volando hacia el gazebo. Sabía que el hombre del sobrero debía ser el llamado "Puppeteer", el responsable de todo. Al llegar, no había nadie. Seba observó el suelo, había algo pequeño. El fuego consumió el objeto, lo único que quedaba eran pedazos de madera y ceniza.

— No contestan – gritó el Alcalde con su celular en la mano. Intentaba llamar al 911.

Seba volvió junto al Alcalde que estaba frente a Bruce, no tenía tiempo para eso. Su amigo aún tenía posibilidades.

— Yo me encargo de él – Seba se refirió a Bruce–, lo llevaré al hospital más cercano.

— No debes moverlo – advirtió el Dr. Rivera–, podría morir.

— Sí, podría. Pero si esperamos más tiempo de seguro morirá – contestó dejando claro que no lo discutiría–. Ustedes encárguense de encubrir todo esto. Nadie se puede enterar de lo sucedido.

— Pero ángel, tú estás mal herido. Ese hombro no aguantará más y has perdido mucha sangre – expuso el doctor.

— Cuando Bruce esté a salvo, te visitaré y arreglarás esto – Seba señaló su cuerpo mal herido.

— ¿Pero cómo hacemos eso? – preguntó el Alcalde–. Murieron personas.

— Provocará un caos si las personas se enteran de esto – explicó Seba–. No deben saber nada de los ángeles, brujas y la cara oscura del mundo.

— Pero hombre, ¿cómo quieres que lo hagamos? – volvió a preguntar el Alcalde en un tono más elevado por la desesperación.

— Digan que fue una leyenda, un mito, una historia de *Halloween*, *show* de teatro – se desesperó Seba–.

Inventa cualquier cosa, eres el Alcalde y es por el bien de tu pueblo.

Sebastián tomó con su brazo sano a Bruce y alzó vuelo sin despedirse.

El ángel pasó los límites del pueblo de Naranjito con Bruce en sus brazos. Aunque su hombro seguía sangrando, Seba volaba sin bajar la velocidad. Buscó el hospital más cercano y lo encontró.

— Aguanta amigo – dijo, deseando que Bruce escuchara.

Bajó velozmente y colocó a Bruce sobre una camilla que estaba esperando a que la montaran a una ambulancia. Nadie se percató de su llegada. Cuando estuvo listo, Seba tocó el cristal de la puerta y el guardia de turno vio el cuerpo de Bruce sobre la camilla. Sebastián logró salir antes de que el guardia lo viera.

Desde el oscuro cielo, en la madrugada de *Halloween*, Sebastián vio cuando un equipo de enfermeros se llevaron a Bruce.

— Yo sé que tú puedes Bruce – dijo para sí mismo en la oscuridad de la noche–. Puedes salir de ésta y de muchas más.

CAPÍTULO 11

Respiró profundo con sus ojos cerrados. El pueblo aún estaba consternado por la muerte del querido sacerdote y lo peor era que nadie sabía lo que realmente había pasado. El Alcalde analizaba como comenzar su discurso. Debía ser de corazón, sincero, pero sin mencionar toda la verdad. Él sabía que delante estaba el féretro cerrado, donde se supone que descansaba el Cura, y observándolo, una multitud de naranjiteños que esperaban una explicación. Se relajó, dejó salir todo el aire de sus pulmones, abrió los ojos y comenzó...

— Bienvenido sean todos hermanos naranjiteños – lentamente comenzó su discurso, mirando todas las caras que lo observaban–. Hoy me dirijo a ustedes, pero no como Alcalde, sino, como compueblano. La repentina muerte de nuestro Cura nos ha tomado a todos por sorpresa y sé que más de uno llora su partida... Por eso estamos todos aquí reunidos. Sin duda, fue un gran hombre y dejó mucha esperanza en este pueblo. Este siervo de Dios dejó la vida en esta iglesia y ayudó a muchos, sin pedir nada a cambio. Hoy debemos darle las gracias por todo. Créanme, a mí, más que a nadie me duele esta partida. Cuando sucedió lo de mi difunta esposa, él siempre estuvo ahí. Incluso en mis momentos más oscuros – observó a Max que estaba cerca del altar, se tomó un segundo y siguió–. Si por mi fuera lo dejaría con nosotros, pero nuestro Dios lo ha llamado para estar a su lado – el Alcalde bajó del altar y se acercó al público como solía hacer el

Sacerdote–. Como podrán notar el féretro esta sellado – tocó el frío mármol blanco–, ese fue su último deseo. Él quería que las personas lo recordaran como siempre fue, no como se vería en su último momento. Ahora le daremos unos minutos para que todos se puedan despedir.

Lentamente, el Alcalde fue pasando entre los bancos de madera, dejando la vía libre. Muchos de sus vecinos lo saludaban con los ojos inundados. Mientras caminaba, pensaba en los últimos momentos de vida del Sacerdote. Había dado su vida por ellos y nadie sabría esa historia. Sería un héroe anónimo. Mientras los recuerdos chocaban en su memoria, comenzaba a sentir como le faltaba el aire. Se escabulló de la fila de fieles que desfilaban lentamente hacia el féretro vacío, hasta llegar a la entrada de la iglesia, donde el ángel había apuñalado a Wanda hasta la muerte.

Siguió con paso firme hacia la puerta, pero antes de salir, en el vestíbulo principal, en la oscuridad y recostado de una columna había un hombre. El hombre se veía sombrío, el Alcalde pensó que era el ángel, pero al mirarlo bien, notó que en su mano derecha sujetaba una botella de alcohol. Era el padre de Liza.

— Ingerir alcohol en la casa de Dios, no es correcto – le acusó.

— Luego de todo lo que ha pasado, lo correcto e incorrecto es relativo – dio un sorbo a la botella.

— Relájate doctor. El ángel detuvo a Wanda, aquí mismo. Ya todo está bajo control.

— ¿En serio no sabes las repercusiones que esto va a traer?

— No seas paranoico, ya todo pasó. Naranjito volverá a la normalidad – le quitó de mala gana la botella–. Tienes una hija a la que cuidar.

— No puedo creer que tú, como Alcalde, estés tan tranquilo – no dijo nada sobre la botella–. Esto hay que encubrirlo. Sabes lo que puede pasar si la prensa se entera.

— ¿Y qué crees que estoy haciendo? Ya las grabaciones de cámaras de seguridad fueron borradas. Y el cuerpo fue escondido – bajó la voz y se acercó un poco–. Está vacío... – dijo refiriéndose al féretro.

— Hubo dos muertos, ¿no lo recuerdas? Uno tiene mil rotos y al otro solo le queda el torso.

— Pero... – las imágenes atacaron.

— ¡Pero buscarán explicaciones! – terminó la oración.

— Nadie sabrá cómo murieron – miraba para todos lados, asegurándose que nadie escuchaba.

— ¡Aja! ¿Cómo piensas hacerlo? Una persona menos, no es una mesa, no es un carro robado...

— Ya está todo planeado – una pequeña sonrisa nació en su rostro–. Para encubrir esas muertes, tengo a un excelente doctor que sé que me dará la mano en esto...

Sebastián llevaba dos meses yendo a ese lugar sin fallar. Desde la noche de *Halloween,* no había faltado a visitar a Bruce. Seba iba al área de intensivo y le contaba las cosas en la que había estado trabajando. Aparte de su trabajo, también le hablaba de sus problemas personales. Sebastián había encontrado en él una persona a quien confiar sus problemas, pero desafortunadamente, Bruce estaba inconsciente desde el 31 de octubre.

Como todos los días a la 1:50 P. M., Sebastián llegaba al hospital y esperaba con las demás personas a que abrieran las puertas. Mientras esperaba, el ángel miraba a los demás y pensaba cuáles serían sus situaciones. Pensaba que, mientras miles de familias disfrutaban de sus reuniones, había familias que dejaban de hacer todo por visitar a sus pacientes. Las puertas siempre abrían desde las dos hasta las tres de la tarde, siempre y cuando no hubiera algún problema con un paciente.

Cuando la puerta abrió y dieron el pase, Sebastián buscó a la enfermera asignada de atender a Bruce, ella le informaba sobre su estado de salud. Todos los días decían lo mismo.

— No está bien, pero no ha empeorado. Sigue estable. Esperamos que el tratamiento lo ayude a despertar pronto.

Mientras caminaba, podía ver a Bruce en su camilla. No podía evitar pensar en su familia. Seba recordaba las palabras del Informante sobre su familia, pero no sabía cuan serio era. Incluso en este estado tan delicado, Sebastián era el único que lo visitaba. Bruce era un hombre solo, Seba sabía que a él le pasaría lo mismo si seguía con su vida en el anonimato. Por eso, hoy todo cambiaría, hoy Sebastián daría el gran paso.

— Hola Bruce... – saludó animado, aunque sabía que no contestaría–. Había olvidado decirte que el Dr. Rivera hizo un excelente trabajo. La zorra de Wanda casi llega a mi arteria femoral con su rama, también tenía el músculo del trapecio atravesado y una gran herida por el área del apéndice. El doctor me dijo que era de las más peligrosas, ya que casi llega al intestino. Pero gracias a él, ahora lo que quedan son cicatrices y el músculo está volviendo a la normalidad. En la visita de anoche pude hablar con Liza, ella me contó sobre un supuesto ejército que piensa crear el Puppeteer... – Seba se dio cuenta que habló varios minutos sin parar. Observó a Bruce en su estado, todo era silencio. Sebastián respiró y recordó a lo que venía–. Pero luego te explicaré todo eso, ahora te tengo un regalo – se animó un poco. El ángel metió su mano en el bolsillo de su vaquero y sacó una piedra azul.

— No sé por qué no te di esto antes.

Seba levantó la cabeza del Informante cuidadosamente y pasó el cuarzo azul por su rostro hasta situarlo en su pecho. Luego miró a su alrededor y vio a los demás pacientes con sus esposas y esposos, algunos tenían hijos y a otros los visitaban hasta nietos. Volvió a mirar a Bruce y pensó en su soledad.

— Amigo, hoy me siento positivo. He pensado en lo que me dijiste y llegué a la conclusión de que mi responsabilidad con la isla, no puede evitar mi felicidad – Sebastián miró hacia el techo pensando y sonrió–. ¡Acertaste! – fingió que Bruce le había contestado–. ¡Hoy daré el gran salto!

Una enfermera de pequeña altura y con el cabello estirado y largo rompió con la supuesta conversación. La enfermera saludó a Sebastián con un pequeño movimiento de cabeza y miró los signos vitales de Bruce. Seba sabía que estaban bien, la enfermera sonrió un poco, se volvió hacia los medicamentos que eran suministrados a Bruce y apuntó sus nombres con la hora en una pequeña libreta. Al terminar su ronda se despidió de Sebastián con otro ligero movimiento y siguió con el próximo paciente.

— ¡Volvemos a estar solos! – informó Seba a Bruce–. Desde lo que pasó en *Halloween* he estado pensando. Wanda me pudo haber matado y nunca hubiese revelado a Emma lo que siento – se detuvo y respiró lentamente–. No quería decirle nada por miedo a ponerla en peligro, pero si esa maldita me mataba, Emma quedaría desprotegida por completo.

Bruce respiró bruscamente. Seba pensó que despertaría, pero no fue así. El momento pasó y volvió a su estado natural. Sebastián se desilusionó.

Cuando todo se restableció, Seba contó una conversación que había sucedido en la noche anterior y las cosas que tenía pensado hacer. Entre todo lo que Seba habló, le contó sobre la sorpresa que tenía pensada para Emma.

— Faltan cinco minutos – anunció en voz baja la enfermera de pelo largo, mientras caminaba por las camillas.

Seba miró el reloj. Llevaba más de cincuenta minutos hablando y ya era hora de cierre para los visitantes.

— Bueno Bruce, ya me tengo que ir – comenzó a despedirse–. Por cierto, tengo tu *tablet*. La estoy usando para facilitar mi trabajo. Te la devuelvo cuando despiertes, no creo que te haga falta… – dijo en un tono un poco gracioso, pero luego se dio cuenta que el comentario estaba fuera de lugar.

El reloj marcó el cierre y el oficial que vigilaba el área, abrió la puerta. Los visitantes que ya se había despedido comenzaron a salir lentamente y en silencio. Antes de irse, Seba posó su mano sobre el cuarzo de Bruce y se acercó a su oído.

— Todos los días lucho por salvar a Puerto Rico – comenzó a susurrar el ángel–. Pero hoy lucharé para salvar mi vida.

Sebastián estaba nervioso. Sabía que luego de este día, todo sería diferente. Miraba su celular en busca de algún mensaje. Ya era hora, Emma había aterrizado en Puerto Rico. El viento marino azotaba en la cara del ángel mientras él camina por la arena, luego se sentó sobre una piedra. Detrás de él estaba uno de los hoteles más lujosos de San Juan con una vista hermosa hacia el mar. El celular comenzó a sonar. Seba miró la pantalla, era la llamada que esperaba.

— ¡Hola Emma! – saludó nervioso.
— Hola, llegué. ¿Dónde estás? – preguntó emocionada.
— No estoy en el aeropuerto – Seba escuchó el cambio de respiración de Emma y se adelantó a decir–. Estoy en un lugar especial. Está todo arreglado.
— ¿Cómo que está arreglado? – contestó un poco molesta–. Quedamos en que me buscarías – le recordó.
— Sí, lo sé – contestó con la voz temblando–. Pero... te tengo una sorpresa.

Hubo silencio en la línea telefónica. Seba esperaba una respuesta.

— Bueno, voy a confiar en ti Sebastián – Emma estaba angustiada.
— Gracias Emma – dijo, mientras sonreía al mar–. Fuera del *gate,* hay un taxi esperándote. Ve con él y te traerá hasta aquí.
— ¿Que tendrás entre manos Sebita? – preguntó medio molesta, medio riendo.

— No te arrepentirás, créeme – dijo y terminó–, nos veremos aquí.

Sebastián estaba listo para el gran paso. Cuando estuvo a punto de morir se dio cuenta que su motivación para vivir fue Emma. Aunque ella estaba lejos, Seba no podía imaginar lo que ella sentiría al volver a la isla y no encontrarlo.

En una parte de su ser sentía miedo por el hecho de que estando junto a Emma corría peligro. Sebastián ahogó el sentimiento pensando que no estaría en peligro, sino todo lo contrario estaría más segura que nunca, ya que él siempre estará ahí para protegerla.

Una ola rompió con los pensamientos del ángel. Seba sabía que ya Emma tenía que estar cerca. Al volverse, vio a lo lejos el taxi que la traía hasta la playa. Emma bajó del taxi y vio a Seba. Estaba vestido con una *t-shirt*, vaqueros rotos y sus habituales *converse* negras. Emma por su lado vestía una *t-shirt* con un dibujo de *Mickey Mouse* y una falda a juego.

Emma llegó hasta Seba. El ángel la abrazó con gran sentimiento. Hace dos meses pensó que no la volvería a ver.

— Estoy ansiosa, que sorpresa me tienes – dijo Emma, mirando a Seba a sus ojos, sin soltarlo.

— Hace dos meses debí haberlo hecho – Seba no dio tiempo a que Emma entendiera. Sin avisar la besó apasionadamente.

Emma, al principio, no respondió debido a la sorpresa. Ella llevaba meses deseando este momento. Al volver en sí, respondió el beso con más fuerza.

El mar y el cielo creaban un bello paisaje. Emma sentía como sus sueños se hacían realidad.

— ¿Sorprendida? – preguntó Sebastián luego del beso.

— Momento perfecto – se limitó a contestar.

— Me gustan las cosas bien hechas – dijo Seba
volviéndola a besar, pero esta vez tiernamente–.
¿Ya sabes cuál es la próxima pregunta verdad?
Emma miró a los ojos a Sebastián y lo volvió a besar
apasionadamente. Luego de varios segundos dijo:
— Esa es mi respuesta – Emma lo abrazó y metió su
cabeza en su cuello.
Seba se sentía satisfecho. En su rostro se veía su
felicidad, mientras Emma se hundía en su cuello. Seba
deseaba hace mucho tiempo tener a Emma en sus brazos
y al fin lo había conseguido. El ángel bajó un poco la mirada
y vio el cuerpo de Emma pegado a él y pensó:
— ¿Y ahora, cómo le digo que soy un ángel?

FEN RIVERA

EPÍLOGO

Al abrir los ojos vio que estaba solo en una sala. Una cortina azul cubría todo su campo de visión. Hacía frío y un molesto pitido no se callaba. Bruce intentó sentarse, pero tenía múltiples cables conectados a su cuerpo. Algunos monitoreaban la presión, mientras que otros median su respiración. Estaba en un hospital y por los instrumentos a su alrededor, dedujo que estaba en el área de intensivo.

Su corazón se aceleró al ver que estaba amarado a una camilla y el pitido se hizo más fuerte. Bruce tranquilizó su respiración e intentó recordar cómo había llegado hasta ahí. Sus recuerdos eran borrosos, lo único que recordaba era a la maldita Bruja controlando las ramas de los árboles de la plaza y utilizándolos como proyectiles. Se esforzó un poco más y vio al Padre siendo despedazado.

Un fuerte dolor corrió por su cabeza. Cuando logró restablecerse, vino una imagen a su cabeza. Había una joven muy asustada, Liza. La chica estaba cruzando sus pequeños brazos sobre su cuerpo para evitar el golpe de la rama de Wanda. Bruce entendió cómo había llegado hasta ahí. Él se había interpuesto entre el proyectil y Liza, la rama del árbol se le había clavado, obligándolo a caer al suelo. Mientras se desangraba, vio a la joven que le agradecía mientras lloraba. Luego, todo fue oscuridad. Al cerrar sus ojos pudo escuchar algo más, si su memoria no juega con él, podría decir que era Seba.

— Seba – murmuró Bruce–, el maldito se llama Sebastián...

Bruce rio mientras recordaba todas las ocasiones que lo llamó "Matt". En ese momento se dio cuenta de que no sentía ningún dolor, a pesar de haber sido atravesado. Bruce miró hacia su pecho y encontró un cuarzo azul colgando. No sabía cómo había llegado, pero estaba seguro que Seba se lo había puesto. Sintió como la temperatura comenzó a descender. Una fina silueta pasó tras la cortina de la camilla de Bruce y al llegar al medio la abrió. Una hermosa joven pasó y cerró la cortina a su espalda. La bella enfermera llevaba una bata blanca hasta las rodillas. La joven tenía sus labios pintados de violeta, lo que llamaba mucho la atención y hacia que resaltara ante su bata blanca. Otra cosa que resaltaba en su atuendo, era una piedra oscura que colgaba de su cuello.

— Veo que has despertado – anunció la joven mientras movía su cabello gris para que no le molestara–. Qué lástima, prefería hacer esto mientras dormías.

El corazón de Bruce volvió a dispararse al ver a la hermosa enfermera dejar caer su bata al suelo. La joven quedó en una corta y ceñida camisa en manguillos que dejaba toda su espalda al descubierto. El terror lo invadió al ver dos enormes alas, con plumas grises, salir de la espalda de ella.

— Bruja… brujaaa – intentaba gritar, nadie lo escuchaba.

— Tranquilo Bruce, Seba terminó con Wanda – consoló sensualmente–. Ahora ha llegado tu hora.

Antes de que pudiera gritar, la enfermera tapó la boca de Bruce con su mano. Con la mano libre, la alada, se quitó el cuarzo y lo colocó en el pecho de Bruce, quien se retorcía para intentar zafarse de la hermosa mujer que tenía encima.

— No te resistas, esto no va a doler – dijo la alada mientras acercaba su fino y bello rostro hacia Bruce.

La falsa enfermera, destapó la boca del Informante y sin darle tiempo lo besó. Bruce sintió sus fríos labios rosando su boca. En el beso sintió como perdía las fuerzas. Comenzó a sentirse sin aire y no podía moverse. En su pecho se posaba el oscuro cuarzo que lo quemaba cada vez más. Bruce se sintió cansado, sin ganas de luchar. Sus ojos solo veían la penetrante mirada de la joven con alas grises. En los ojos de ella, pudo ver toda su vida. Luego de cerrar sus ojos y todo fue oscuridad.

FEN RIVERA

NOTAS DEL AUTOR

Simplemente gracias. No saben lo feliz que me hace poder compartir con ustedes este sueño, que luego de mucho trabajo se ha convertido en realidad. Sacar el Torbellino de mi mente y traerlo al papel, ha sido, sin duda, el proyecto más satisfactorio de mi vida. Creo que este viaje de la escritura se podría comparar al de ser padre. Ver como una idea crece hasta formalizarse es un sentimiento que, irónicamente, no se puede describir con palabras. Aunque este libro es mi "hijo", no lo pude hacer solo. Por eso, quiero agradecer a varias personas que estuvieron conmigo en el proceso.

Primero a mi bella trinidad (Emily, Samelys y Desirée) que durante las madrugadas escuchaban la historia y dieron su juicio hasta formar este hermoso proyecto. A mi primera crítica, Glorimar, que en medio de los "jangueos" discutíamos la ortografía y la jerga de mis hijos hasta dar con la fórmula exacta de las palabras para trascender al mundo. ¡Te debo una!

Alex Sánchez, por el arte de esta majestuosa cubierta y el magnífico logo. Por aguantar todas las exigencias y cambios repentinos.

A mi editora, Amneris Meléndez, que se atrevió a tomar este humilde proyecto. Tu dedicación corrompió con los esquemas para crear este preciado tesoro.

Por último, a todos aquellos que en su anonimato han inmortalizado un pedazo de su ser al compartirme sus historias.

Un millón de gracias.

Mas Sobre Fen Rivera

No olvides pasar por www.fenrivera.com donde podrás encontrar todo lo relacionado con el autor. En esta pagina tendrás la tienda digital con todos los libros publicados, biografía del autor, información sobre los libros, actividades en las que ha estado presente Fen y todo lo que esta trabajando.

Otras Publicaciones de Fen Rivera

Puerto Rico Año Cero (2018)

Torbellino de Alas Hilos (2019)

Catarsis (2020)

Made in the USA
Middletown, DE
01 November 2021